Carta aos loucos

CARLOS NEJAR

Carta aos loucos

EDITORA RECORD
RIO DE JANEIRO • SÃO PAULO

CIP-Brasil. Catalogação-na-fonte
Sindicato Nacional dos Editores de Livros, RJ.

N339c   Nejar, Carlos, 1939-
         Carta aos loucos / Carlos Nejar. – Rio de Janeiro:
         Record, 1998.

    ISBN 85-01-05231-0

      1. Romance brasileiro. I. Título.

                              CDD – 869.93
98-1711   CDU – 869.0(81)-3

Copyright © 1998 by Carlos Nejar

Ilustrações da capa: reproduções parciais dos quadros *A nave dos loucos* (Louvre, Paris), *A morte do avarento* (Galeria Nacional de Arte, Washington), *O juízo final* (Antiga Pinacoteca, Munique), *O Inferno, A tentação de Santo Antão* e *Santo Antão em meditação* (Museu do Prado, Madri), *O viajante* (Museu Boymans-van-Beuningen, Rotterdam), *Ecce homo* (Museu de Arte, Filadélfia) de Hieronymus Bosch; *El Palacio* (Museu Whitney, Nova York), *Cinema em Nova York* (MoMA, Nova York), *No escritório à noite* (Centro de Arte Walker, Minneapolis), *Janela de hotel* (Coleção da revista *Forbes*, Nova York) de Edward Hopper; *A dança da vida* (Galeria Nacional, Oslo) de Eduard Munch; Moldura de *Burg à la Croix* (Museu Victor Hugo, Paris)

Direitos exclusivos desta edição reservados pela
DISTRIBUIDORA RECORD DE SERVIÇOS DE IMPRENSA S.A.
Rua Argentina 171 – Rio de Janeiro, RJ – 20921-380 – Tel.: 585-2000

Impresso no Brasil

ISBN 85-01-05231-0

PEDIDOS PELO REEMBOLSO POSTAL
Caixa Postal 23.052
Rio de Janeiro, RJ – 20922-970

EDITORA AFILIADA

Para Elza

Flame under flame, till Time be no more.
(Chama sob chama, até que o Tempo deixe de existir.)
                                                W. B. YEATS

A escrita é mais importante que a obra acabada; a escrita é a obra.
                                                ROBERT MUSSIL

O assombro é a mãe do desejo de compreender.
                                                ARISTÓTELES

Eis que faço novas todas as coisas.
                                                JOÃO, APOCALIPSE, 21.5

Vós sois a nossa carta (...)
                                                PAULO, II CORÍNTIOS, 4.2

Sumário

Primeiro
DE COMO ASSOMBRO EXISTE CONTRA O TEMPO 13

I
II

Segundo
DE COMO O TEMPO MATA SEM VESTÍGIO 35

III
IV

Terceiro
DE COMO SÂNDALO ACABE VENCEU AS ELEIÇÕES.
ESTRATÉGIAS DO PODER 51

V

Quarto
**DE COMO O POVO PUXA A ÁGUA,
PUXA O SONHO. GABIRUS** 61

VI

Quinto
OFÍCIO DOS MILAGRES 73

VII
VIII
IX

Sexto
FAUS OU A RODA DO LIMITE 89

X

Sétimo
LIVRO DO NAVIO 95

XI
XII

Oitavo
REDEMOINHO 107

XIII

Nono
LIVRO DAS LEIS, DOS JUÍZES E APENADOS 115

XIV
XV

Décimo
LIVRO DO CAMINHO 129

XVI
XVII
XVIII
XIX
XX
XXI
XXII

Décimo primeiro
O MARAVILHOSO NÃO PRECISA DE ÓCULOS 159

XXIII
XXIV
XXV
XXVI
XXVII
XXVIII

Décimo segundo
LIVRO DOS ESPELHOS 183

XXIX A) Virgílio, ou Vigília
XXX B) Louise, ou a educação dos loucos
XXXI C) Shelley e os reflexos
XXXII D) A ilha Escalvada, ou sonhos do espelho

Décimo terceiro
DE COMO O TEMPO MORRE. ARCO-ÍRIS 201

XXXIII
XXXIV
XXXV

Epílogo 215
Nota do Editor 217
Dados biobibliográficos 219

PRIMEIRO

De como Assombro existe contra o tempo

I

A vida toma o nome das coisas. Domínio dos sonhos. Os habitantes do povoado. Seus costumes. Minha mulher e eu. Os olhos dos cães. Andreola, meu tio. O rio que secou. Âncora de metal levíssimo. Artêncio. Parmênides. A ilha Escalvada. Deleuze. Lucaf. O cão Tabor. A taberna. Tian. Napoleão Bonaparte. O tempo ataca.

Recomeço a história de meu sangue. Mas o que tem a ver com o espírito?

Recomeço esta história que nunca cessei de recomeçar, desde quando o meu avô contou-me como Abrahão Rolando, seu pai, em paz se apossou desta terra ignota, com mulher e pequeno rebanho de bois e ovelhas.

O teto que estabeleceu, hoje ampliado, é nossa casa. E foi também Abrahão o que demarcou amoroso dialeto entre pedras, plantas, animais e criaturas que iam saindo de seu sangue.

— E prendeu o tempo (recordo a lentidão com que meu finado avô cruzava as sílabas), como um cachorro doido sob o círculo de pedra na colina.

Eu, Israel, escriba, nada mais sei senão traçar as letras desse alfabeto numeroso de gerações. Com o tempo que é preso e se desprende e é de novo capturado.

— Até que os sonhos o possam ver a descoberto — balbuciava meu cândido e constelado avô.

Pouco interessava a nudez do tempo. Sua pele amarela, debulhada nas estações. Tínhamos que desvendar o nexo entre o tempo e os continuados crimes.

— Como acharemos o rastro? — eu indaguei.

E me respondeu, com olhar distante, evasivo:

— Se queres caçar um animal, busca o lugar onde se alimenta.

A comunidade se alargava redonda como a barriga prenhe de uma mulher.

— As coisas têm fermento de pão — admoestava meu avô. — Crescem com o sol e a lua.

E eu o escutava, menino, como se sugasse um ramo de mel na encabulada figueira. E me agarrava a esse ramo com descomunal afoiteza. Previa, instintivamente: o que era dito, desde o fundo ou nas veredas, fazia borbulhar acontecimentos inesperados.

— Os acontecimentos brotam maduros e plenos como melões — arrazoava esse meu ancestral. — O que nasce da vida é devagar. O que vem do tempo explode.

E tudo se mostra perturbador ou fabuloso, quando se aprende a ver.

Eu estava diante de uma cidade que me olhava como mulher. Mais bela agora do que antes. Mais bela no avançar de cada noite. Com sandálias e pés libertos.

— Temos que nos renovar todos os dias, colocando fora as coisas velhas — me segredava.

E então falei ao vulto, ora sem forma, ora se assemelhando a telhados de rolas esvoaçantes:

— O espírito em nós é como a água. Ao parar, apodrece.
E ela sorriu com as profundezas. Flutuava sob a lua. E me lembrei de um surdo ancestral que se habituara a repetir a mesma frase:
— Duas coisas há que um homem desaprende: recurvar-se e calar.
E me calava. E obedecia à luz.

Escrevo este relato porque não escapo desses sonhos. E eles são a metade do que não entendo. E a outra é a que me entende. Não, não é cega a esperança. E nunca nos foi dito que tivesse óculos. Nem que tivesse chapéu e alegria.
Assombro me olha e compreende. Num cochicho:
— Estás tão longe. Teus olhos não estão neste pátio, nem na mesa. — Ri de forma vaga, disfarçando.
Nomeio o que me falta? Nomeio de novo todas as coisas. E tenho um patrimônio de palavras. A semente de Deus é a diferença.

Risco fósforos na sua pequena caixa, risco a memória. Chamo de Assombro o povoado. E assim designo o tempo.
— Dar nome é viver junto — observou minha mulher, ao lado. — Nada alvorece, sem que belisquemos a luz com os passarinhos, laranjas.
Mas o zumbir das vozes, chamou a atenção de um mendigo deitado no banco da praça, ali perto. E de mais outro, adiante, sob o cinamomo. Roupas gastas, olhos gastos — Alduno e Reberino —, condes de uma miséria nômade: com as barrigas expostas nos olhavam. Como se lhes permitíssemos viver.
Seus sapatos tinham buracos, e dedões saíam para fora. Fui falando para eles, falando. As diferenças se retraem. Se o Céu nos tolera, se o Oceano não foge do lugar e a Noite não se entorta, não há classes na luz.

Fui falando para eles, que, com os rotos sapatos e os andrajos, eram da mesma feroz humanidade. E os nomes alvoreavam, como antenas de mariposas pela noite adentro. Não forçamos a vida, nem ela a nós.

— Os mendigos não têm cuidados — ponderou minha mulher. — Pousam sobre o nada, nada esperam.

— Nós nos preocupamos até com o equilíbrio das marés — falei, como se um sonho me ditasse. E a maré é que deitava a cor mudável sobre os olhos de Assombro. E eles ondeavam.

Não escrevo: risco fósforos, risco a memória como um fósforo na sua pequena caixa. E cada palavra tem sua memória. Riscar palavras é acender a memória.

E não posso riscar uma memória, em vez de outra. Nem uma palavra por outra.

— É circular o mistério do universo — Assombro falou, fitando o firmamento. E o céu estava aberto como uma laranja cortada na luz.

Devo argumentar por que falo por imagens? Ou por que Assombro calou diante dos gomos cintilando, as estrelas? Ou por que tudo estava completo e selado na profundeza da noite?

Não escrevo: risco as imagens no tempo.

Assombro era uma comunidade que as cartas geográficas destacavam e esqueciam, pois as gerações se envolvem mais nas paixões que na história. E esquecer se tornava cidadania do vento. E a sombra da lembrança era mais forte que a lembrança. E o povo, em vez de reter a memória, retinha a sombra das sombras. Até não reter mais nada, salvo o acaso.

Por que existirá memória nas praças e ruas, se os acontecimentos se gastaram?

Tende a extinguir-se a distinção entre um rosto e outro — o

que explica, não a lembrança, mas o esquecimento. Como se o universo todo estivesse distraído, ou não avançassem nas órbitas, os planetas.

E o pó se amontoou como herança nas bordas de casas e lojas. Mais estéril do que os usos. E uma colina se alçava no fundo, com obelisco de laje e números.

Um círculo o encimava. E se guarnecia de pedras. Ali era o princípio de tudo. Desde quando aquele povoado resolvera viver sozinho, isolado das anteriores civilizações.

— Pois elas mais desagregam que armazenam voragens — pensavam os sombrios e pacatos habitantes.

A verdade talvez fosse outra na aula da escola do Professor Parmênides, com seus trinta discípulos e cúmplices. Preparavam a sectária discordância, acreditando que as civilizações são como a areia que se acumula, por vezes, sobre um obstáculo do deserto. E forma seu rebanho, sem nada ter com a ruína ou a ascendência jubilosa.

E eu, naquele dia, sequer cogitava em civilizações, entre as cinzas chamas da lareira e o frio se alongando com seu vulto surdo-mudo.

Gostava de atiçar os gravetos, o fogo, falar com ele como se me escutasse, e era tão antigo, loquaz, intermitente.

— O fogo trabalha mais que os meus sonhos — adiantei. E eles vinham da lenha sussurrando.

Lá fora, um apito de trem empurrava vagões na estação do lado oposto da rua. E outro ruído saía da biblioteca no primeiro andar como um doce tropeço de ossos.

Eu estava na casa vermelha, rodeada de muros e heras. E dizia para Assombro, minha mulher, sentada no sofá daquela sala, entre vários cômodos:

— Gosto de tocar o fogo com as mãos como se o estivesse inventando. — E via a sua língua bífida sorver cachos de ardente lenha.

Mas o frio aumentava na casa. Nem as roupas de lã o segregavam. E parecíamos estar em território alheio.

Os olhos de todos os cães são iguais? Perto de nós, Tabor, de pêlos negros, patas rebeldes e olhos de menino. E olhos, olhos, olhos — as mãos de Assombro e as minhas se fixando.

A casa era um trovão de pedra com os olhos para fora.

— Por que o frio que domina a casa parece advir do fogo e o fogo de nossas mãos parece brotar do frio? — falou-me Assombro.

E, como todas as descobertas, essa causou-me certa perplexidade. E me dei conta de que nevava nalgum lugar de mim, criança. E Andreola, meu tio — agora o vejo com nitidez: o rosto comprido, nariz adunco e a boca grande —, conduzia-me pela mão sob um pessegueiro branco. De altura mediana, ao cair o céu com os flocos, ele mesmo era árvore. Eu fugia. E o ar, subindo na alva tempestade, fazia-me tiritar e tremer.

O que sabemos dessa infância que sempre volta através dos fragmentos? Ou por que a memória, às vezes, nega fogo como uma garrucha velha?

Aquela comunidade tinha suas casas de barro e adobe, porém, a maioria era de pedra, com o costume de não haver teto sob o zinco ou as telhas.

Ali fluíra um rio — Lázaro — que no inverno era largo; no verão, estreito. Os habitantes contam sobre ele uma lenda, provinda de gerações. Contam que a Noite, por ficar tão grande, tão imensa, engolira o Dia. E, para saciar o calor e a sede, foi bebendo, bebendo sofregamente o rio. Até deixá-lo morto e seco, levando a sua alma que desliza noutro rio, o firmamento.

A colina redeava sua soberania, entre farmácia, armazém, hospital, oficinas, bares e as casas dos moradores, muitos com mais de quarenta anos e outros beirando o limiar da velhice.

Ao afirmar a existência de tantos seres maduros ou velhos, não significa que sejam maioria. Significa que há uma mentalidade judiciosa diante do tempo e da morte. E isso não afasta o copioso número de jovens e crianças, pois são quem aturde ou alegra os sonhos.

— O verossímil — retrucava meu sábio avô Isaque — é uma inverossimilhança que bateu com a nuca nalguma lâmpada. A nuca ficou acesa e a lâmpada se apagou.

— Ademais — filosofava ele, quando alinhava, brincando, pedras e pedaços de tijolos no quintal —, somos todos crianças nalgum traço, ou na mais severa alma.

Contudo, eu, que gosto de contradizer os antepassados, julgo que são verossímeis ou não os sonhos. Mais nada.

E a vida é que se cria. A mão esquerda esquece o que a direita traça. Porque os sonhos são mais caridosos e reais que as nossas próprias dádivas.

Por que referir mais a fundo o motivo de a idade ocupar espaço naquele povoado?

Isso é coisa que os rostos, os pés, ou mesmo a forma das coisas revelavam. Apesar de alguns tencionarem, pelos extremos, descobrir a fonte genitora do tempo. E outros, a exemplo do Professor Parmênides e seus alunos, aventurarem a hipótese, não arredável, de que muitos, ali, se assemelhavam a elefantes que escolheram um lugar para morrer.

E o povoado não deixava jamais de trazer essa face resoluta na redondeza dos pátios, ou no círculo que as quadras e a edificação das casas seguiam.

Por vezes, até concêntrico era o firmamento, com o circular revôo das gaivotas. Como se os habitantes por instinto imitassem a dimensão dos poços que cultivavam ao lado da morada. Com a água mais límpida, sem fenecimento. Alguns, aliás, os fitavam como espelhos. E era a alma que se escapava entre o rumor do balde ou da água. Alma sigilosa: por ela podia-se admitir a infância.

E as civilizações eram tenras, tenras como as maçãs. E morriam. Sempre curvas, plácidas, enfermas.

Há três semanas, dois vizinhos descobriram no sopé da colina, ao cavarem a terra, uma âncora de metal levíssimo.

Não sabiam de onde viera, e o metal era desconhecido. Ao contato do sol, brilhava como safira. Dando a impressão de segurar jorros por dentro.

Não ignorei ao ver essa suspeitosa âncora: tinha vida. E se ajuntou um grupo em torno, na rua principal. Foi quando Assombro murmurou:

— A vida toma o nome das coisas. — E eu estava certo de que elas são o que imaginamos. E ali não descansava uma âncora apenas. Era um nome dentro da vida. Um nome. E acaso todas as coisas não são nomeáveis?

O povoado inteiro percebeu o que aquela âncora anunciava, além do mar, que não estava tão distante, e além dos navios.

Há minudências do universo que se mostram, há objetos que se ultrapassam. Prefiro a ponderação de Assombro, que ficou rodando em mim: "A vida toma o nome das coisas."

E eu me acostumara ao inexplicável, às vezes muito mais que às miudezas. Para os vivos não havia esperança que bastasse. E o que ia desmemoriando desmemoriava a todos. Como se o tempo só corresse para trás. E ninguém fosse mais apto para ele.

Não conto com os dias, nem eles comigo. E não sou dos que confiam na animal humanidade. Mas o cão Tabor confiava-me na sala, aos saltos, certa confidência. Como a de pousar sua cabeça no meu joelho direito. Ou então repousar aos pés de Assombro. Como se a noite fosse enrodilhando seu latido, o lombo das estrelas.

Não, todos os cães não têm os mesmos olhos. E, esses, cintilavam.

Eu não media a extensão dos sonhos, ou se é um corredor tortuoso. Nem quanto eles voltam semelhantes, parelhos. E nem se concebe quando neles ficamos claros, escuros ou reais.

As imagens se aprofundam, mais que os corpos. Como se fossem bacias e eles, a camada morna de água. E a minha humanidade ou desumanidade queima nos objetos, quando os sonhos também queimam.

E foi assim que vi morrer o amigo Artêncio. Uma moléstia sem nome o atacou e ele morreu sonhando.

Quando seu corpo foi posto no caixão, pensei na âncora, sim, na interminável âncora jogada ao mar.

Sonhei que Artêncio era um pássaro. E não era ele, nem seu corpo. Era a alma pousada no paraíso. E descobri que o sonho e o texto são esféricos, porque em círculo o pássaro voava.

Quando se elevava de mim durante o sono, podia ter o seu percurso inacabado, ao acordar-me.

— O que é a vida sem a morte? — indagava-me Parmênides. Mas eu segurava a vida com as mãos. E o paraíso seria explicado pelo sonho. Ou a minha mão ao encontrá-lo, como a um tico-tico junto à forquilha da árvore.

Assombro acostumou-se aos meus sonhos. E eles não se envergonhavam de ficarem nus diante dela. Quando os nossos corpos eram as nossas almas. E o meu sonho, apenas um pássaro sozinho.

Citei Parmênides. Era alto, sombrio, rosto fino, testa grande, próximo dos sessenta anos. E dois vincos de nascença na face direita. Caminhava como uma haste ao vento.

Tinha autoridade natural sobre os alunos e moradores da comunidade. Camisa escura, calça simples, sandálias. Era polêmico. Refutava pelo sabor de argumentar. E não erguia a voz — severa e grave. Nunca alguém o viu sorrir. E sua profissão anterior era a de barqueiro. Levava gente em sua barca de inchadas velas. Ora no rio, para a travessia, quando o rio Lázaro estava vivo. Ora no mar, para a ilha Escalvada.

E a morte era seu assunto. Se alguém discordasse dos prodígios que cercavam — para ele — a experiência da morte (duas vezes fora rodeado por ela, em agonia, na febre malária e num acidente, só, no revolto mar, indo ao fundo e miraculosamente retornando), Parmênides lembrava certo filósofo: "Um cego de nascimento não tem, no primeiro olhar, a idéia da distância pela vista." E concluía: "A morte é distância para um cego. Nós todos somos cegos diante dela. Tudo é viagem."

Não me aprazia discutir com Parmênides. Minha perspectiva diferia. A vida era um sistema. E não me empenhava na morte.

Cada dia era custo, vitória, interjeição da alma. E os símbolos gotejavam na luz. Os toques e alegrias do ignoto: viver, amar, ser amado. Balbuciar como recém-nascido, este rir envelhecendo. Voltando lentamente ao menino.

Porém, o tempo — que era avanço, ou inocência — poderia gerar um vírus que apodrecia a espécie, sem transparecer ou assumir seu plasma. Então o homem se tornava pêssego bichado sobre o galho. E os passarinhos se aguçavam nele.

Assombro encolhia os ombros:

— Nem os pêssegos são mais inocentes.

A ilha Escalvada dista cinco quilômetros da praia de Assombro e tem rochas de difícil acesso, muros de corais, com ostras, mexilhões, ouriços. O seu avental de limo no colo da espuma e à linha de água, catando, apura os perigos.

A ilha é circular, contendo várias castanheiras. Os pés de capim-da-colônia, numa das partes, chegam a ser maiores que um homem. E o capim seco, noutra, recebe o deslocamento férreo de rodas e rodas de andorinhas-do-mar. Ali pousam e põem seus ovos brancos-azuis, atingindo o número avantajado de dez mil aves. As de bico amarelo, a maioria, de temperamento afável; as de bico vermelho, rebeldes, agressivas.

Um farol se alteia como a espora rubra de um galo no centro da ilha, agora movido por energia solar. E ao redor dele giram andorinhas em círculos e círculos, redemunhando pedras de chuva e sol, com rotação vertiginosa.

Há povoados que adormecem. Mas ali todos pareciam andar acordados. E olhavam, olhavam muito. E não necessitavam falar quando a pele, entre rugas, falava. E os cabelos falavam brancos e a estatura se encurvava. E iam tornando, em círculo, ao fundo silêncio. Como lebres puxadas pela luz. Até desaparecerem.

E eu soube que o motorista Deleuze, com seu forde-de-bigode preto, caiu de cama. Nenhum médico o salvou. O tempo foi fechando a sua boca. E ele, que era sem pressa alguma e viajava em marcha lenta no seu carro, foi afogado de tempo sem nenhum rio. E ficou inerte, quando o tempo só nele flutuava. Até morrer como um peixe pela boca.

Conheço os meus rasgos e, com alguma razão, era forçado a esquecer. Minha idade se misturava à do orvalho. Era a longevidade da alma. E o feliz matrimônio com Assombro transcendia os quarenta anos do meu povo no deserto. E ela era calma, reta, ponderada, temente ao Senhor dos Exércitos. E os meus rasgos não saíam da porta de gonzos. Com modéstia, engolia os percalços. E porque, às vezes, eram impalpáveis, não os desprezava. Acumulava os efeitos, sem sofrer de alucinações. Como se estivesse preso pelo casaco a alguns fantasmas.

E soube a respeito do engenheiro da ferrovia, Lucaf, alto e magro, com quem mantive amizade. Era nasal e delicado de alma. O tempo não respeitou sua saúde, nem seus trens. Primeiro, foi envelhecendo a perna esquerda mais que a outra. Depois ascendeu ao estômago, tombando bicado como figo. Ou um balão que furou. Depois foi interceptando suas narinas. Com o corpo, vagão descarrilando.

O tempo ia fazendo seus ruídos. E os cidadãos caminhavam pela rua ou praça, à espera de algo. Mais sibilino que o som de uma harpa, junto aos ossos, a epiderme. Ou um vento que desatasse a potestade. E podia não haver o intervalo de respirar o amanhecer.

Eu desenvolvera, após estudos e insônias, uma teoria para debelar ou parar a enfermidade do tempo. Não sou médico. Mas não recuso ter qualidades de constância. O gênio só opera nos descuidos. Quando a inteligência esqueceu.

Ora, o que se designa existe. E se o grego Arquimedes religou matemática e espelho, chegando ao ponto de incendiar, com o sol, navios, reteço o círculo para prender, nesta contínua jaula, o tempo. Ou tento abarcá-lo nos reflexos especulares, para que seja fulminado como Teseu matou o Minotauro. Ou se encante com sua imagem e pelo clarão, célere, seja arrastado para dentro.

A imaginação ultrapassa as teorias. E pode criar outra imaginação e mais outra, até que a palavra germine e pare o tempo.

Parar o tempo? Huxley, escritor e cientista, também afirmava que ele devia parar. E se foi e o tempo continua.

No pátio redondo de minha casa, sentado em banco de pedra, comecei a pensar diferentemente. Nem círculo, nem espelho moverão a energia do futuro. Ou do que está sucedendo. Porque o círculo é feito de tempo. E ele não interfere no movimento do que é seu.

O espelho, no corpo ou no rosto, não há de ser juiz, sendo cúmplice. A palavra, sim: sozinha, ou unida ao círculo. Apontará onde o tempo dispara.

A manhã desceu com a névoa. Assombro e eu fomos ao bar, cujo balcão, redondo, guardava o ar íntimo de taberna. Cheirando a café, que fumaçava resmungo e calor.

Nas mesas, os indistintos semblantes. Paulo, André, Leônia, Fredo nos chamavam. Uma só e longa cara. E o tempo penetrava entre nós. Sendo a mesma névoa lá fora. Inicialmente, a voz os definia. Depois nem a voz. Como se um tênue gramofone os substituísse.

Que fazer? Continuava a traçar premissas, entre os meus pensamentos. Talvez porque as coisas nunca sejam iguais ou semelhantes na hora seguinte, ou talvez porque mudamos, ao tangê-las. Mudamos na inflexão de algumas sílabas ou no jeito de fixar a noite.

O círculo era o sinal de um pacto minucioso. E só queríamos que tudo fosse o círculo, com a palavra. Onde estaríamos dentro, recobertos.

Assombro não faltava aos sinais. Nem eles lhe fugiam. Eram sinais-formigas. Nós, o inquietante formigueiro.

E, cidadãos desta democracia de pedra, se alcançássemos a ordem de um carreiro no esfuziante trabalho, talvez o tempo não inventasse alçapões ou esconderijos.

E suspendesse o avanço.

"O tempo é um mosquito", pensei. E ele me circundava, mas não me confundia. E eu não desejava ser picado. E o tato apalpava o pequeno livro de ensaios sobre a visão, escrito por um filósofo irlandês, Berkeley, que observava: "Nunca vemos ou tocamos a mesma coisa." Se isso era verdade ou não, deixei de cogitar, uma vez que o mosquito me perseguia e eu resvalava no livro os olhos. E Assombro, concentrada, tricotava uma blusa de lã azul. Não precisávamos ir ao *living*, nem subíamos ao quarto. E o universo era ouvir o tato da chuva no telhado, com muitas combinações polidas, digitais, se entrecruzando. E cada esfera do cosmos se desenvolvia em outra. Como se os objetos e imagens habitassem nossa mente. Mas nem o universo, nem Assombro tricotando, nem o mosquito que me perseguia conseguiam zumbir, igual ao tempo.

A quem não quisesse crer, nem compreender — e isso não entrava nas alternativas —, a história do mundo se tornava um asilo de anciãos. E a ciência, a ceguez do vento.

Jantávamos, Assombro e eu. Na cozinha, sobre a mesa de granito negro, comíamos uma sopa deliciosa de cebola, com pão. E escutamos uma pancada na porta. E abri: era o relojoeiro. Trazia o relógio com pêndulo que mandara consertar. Disse-me que agora funcionava. Um dos ponteiros entortara e o vidro se rompeu. Paguei e o firmei com as duas mãos, como se pegasse um grito.

Convidei Tian, o relojoeiro, a participar da mesa. Agradeceu. E vi que tinha nódoas nos braços. Como se uma invisível relha fosse arando sua carne. Perguntei o que era. Disse-me que desconhecia. Foi de repente. Despertou e constatou as manchas agudas. O estranho é que delas não provinha dor alguma. Avançavam. Não precisava o início e o fim. Quando saiu e o relógio cochilava na parede amarela da sala, admiti que nem aos que o servem o tempo poupa.

Napoleão Bonaparte tinha a estatura de um pouco mais de quatro pés, conta Juan Enseñat, um dos biógrafos do Corso.
Ora, Napoleão foi a morte, onde cruzou. Sua pequena estatura não impediu de a semear e procriar. E tanto, que não conseguia morrer. Dura e viúva foi sua agonia.
Por que relato tais desígnios? Foi ele também enfermidade do tempo, essa volúpia de fazer sumir sem trégua. Ou talvez general, de porte mínimo, sem credenciais, medalhas, seja este espécime que vai roendo os vivos.

A dor de coisas velhas faz os homens velhos. Mas a velhice naquela comunidade estava em ir perdendo o rosto. E nós o perdemos, quando nada mais importa. Nem os sonhos alcançam ter entrada ou janela noutros sonhos. Então o tempo ataca.
E via que nenhuma civilização era capaz de repor a infância. E o amor é estar fundo na mesma madureza. E eu dizia amor para Assombro. Porque gostávamos de ficar no inchado silêncio.
Nenhuma palavra supre o fato de estarmos fundos, um no outro.
— Posso existir de outra maneira? — E ela se adiantou, antes de que eu pensasse. Antes de. Nós éramos.

II

Zonas da civilização. Arrisol. Teobaldo e Volper. Meu pai e minha mãe. Morte de ambos. Josita. De como encontrei Assombro. Biblioteca.

"Há grandes zonas da civilização contemporânea que estão tocadas por um mal mortal. E o que não sei é se vivemos um fim do mundo ou vivemos o princípio de uma grande mutação histó-

rica" — escreveu Octavio Paz. E a nossa comunidade, como outras, é a síntese dessa civilização. Não aprovo ou desaprovo: relato. E o homem moderno apenas aperfeiçoou o terror. Não a esperança.
As palavras não padecem pelos seres? Os seres não padecem pelas palavras? E, se regressam às forças primordiais do cosmos, as imagens retomam essas forças. Como se as baterias da noite se acumulassem, sob a pressão das estrelas.
E se o mal é mortal, o tempo é a doença.

E era. De tarde, entre soluços e lágrimas que iam e voltavam aos olhos, sepultaram Arrisol, o lenhador. Usou gravata apenas quando defunto. Também os sapatos. E o cortejo seguia lento, as flores cresciam à vista com o poente sobre as casas. Na frente, o caixão que transportavam. Sem música. Ao arribarem, além da colina, numa planura, perto do mar, os parentes e amigos se despediram do morto e se dispersaram. Ninguém, salvo o coveiro — sigilo de sua funerária vocação —, saberia o local preciso em que Arrisol baixou à cova. E o páramo era amplo, com o sol descendo. E não se quedava qualquer indício de tempo. Todos confirmavam que o tempo é que mata.

As calamidades não se anunciam: surpreendem. Não mandam recados, ou avisos. Nos agarram, derrubam. Não fazemos com elas um acordo. Nem elas conosco. Transbordam.
E as pequenas são filhas diletas de coisas quotidianas que nos confundem. Teobaldo foi sapateiro em sua cidade natal. Habilidoso, e o povo mal carecia de sapatos. Mudou-se para Assombro e empregou-se numa fábrica de calçados. Trabalhou dez anos, sob a direção do empresário Volper.
Teobaldo apenas fazia sapatos. Amou uma mulher, Talita, que o deixou. Amava os sapatos, que tecia a mão e que não o traíam. A

carestia aumentava e o desemprego o capturou. Era uma tarde amena e foi para casa, onde vivia com sua mãe, despojado, junto a alguns outros, dos sapatos e da fábrica.

O que fazer com as mãos que dedilhavam o couro como uma guitarra?

O governo não necessita, é verdade, para andar, nem de cordões ou solas. Os sapatos são luxo para o povo, podendo usar descalços pés?

E Teobaldo, na pauta dos quarenta, saboreou a fome, a indigência. E só a morte as saciou. Apesar de crer-se que o tempo era essa fome. E o deplorável: Volper, o que ajudou o tempo, ficou ainda mais rico.

Meu pai morava a duas quadras de minha casa. Seival, seu nome. Vivia com Josita, há mais de quinze anos. Desde que o tempo foi corroendo minha mãe: remédios com dependência, remédios sem. E minha mãe Facúndia se descontrolava e desprumava, até ser internada no hospital do povoado. Depois foi sendo tomada por louca. E era uma menina que teve cedo de servir a madrasta, Antonieta, em trabalhos domésticos. Sensível — não recebeu instrução de colégio algum. Sua universidade foi lavar o chão, a louça e cozinhar. Nunca foi louca. A madrasta era pequena e autoritária. Cabeça grande e pernas tortas. Não sabia sorrir e mandava impunemente. Meu avô materno, o construtor Josefo, corpulento, capaz de levantar sozinho uma barrica de cimento, era dócil diante dela, às vezes, tolerante sempre. Mas minha mãe não era louca. A pele rosada e macia, os cabelos de ouro, compridos, as fundas pupilas azuis. Minha mãe amou Seival ao vê-lo pela primeira vez. Sedutor, cuidoso no trato. Casaram logo.

Por que minha mãe foi ficando louca? O tempo não tem bondade, nem consolo. Mesmo que faça esquecer. Estou constantemente esquecendo. Mas nunca os seus olhos feridos de medo.

Tinha doença e ninguém acreditava. Nem eu. Hoje sei que a doença que a minava era a do tempo.

Meu pai: um tronco. Que tenazmente enverdecia. Eu era nada perto dele. Olhava, menino, e o via grande. Escondia-me sob a mesa. Ele acarinhava os cabelos de minha mãe. E bebia o seu café com leite e pão cozido ao forno de tijolo.
 Debaixo da mesa, eu enfileirava os soldadinhos de chumbo, assistia à guerra e à paz da casa, armava estratégias. E ainda bem que o tempo não participava dos folguedos. Estava por demais ocupado com a seriedade dos adultos.

O mundo é apertado como um soluço. Assombro e eu catamos as economias e as amoras lá no fundo do baú da árvore. Precisávamos construir um quiosque. E ele se foi arredondando sob o ventre maior, o pátio.

— Vamos dar tempo para crescer a madeira noutra e noutra — falou Assombro.

— Tempo de ficar tudo mais fundo que tudo — frisei. E nós éramos até a afoiteza dos frutos.

Solucei tantas vezes, que estou ficando seco. A idade vai secando os sentimentos e reduz o desdém. E fico sem idade.
 Se ouso aceitar a redução da esperança, então aprendo com o céu e sua fonte de andorinhas. E só quero que o tempo e os homens me esqueçam.

O prefeito daquela comunidade baixou um estranho decreto determinando que os mais idosos se afastassem e fossem expirar noutra região distante. E eles se recusaram a abandoná-la, sustentando que o decreto deveria exilar o tempo e não os homens.

Depois, Euzébio, o prefeito, resolveu munir-se de misericórdia e todos ficaram. Só a verdade compromete, e estávamos comprometidos, desde o ventre.

E, por acreditar que o sonho de um pode ser de todos, obedeço ao espírito, mesmo que minha mão enrugue. Depois estou, estarei sem idade.

Meu pai me visitava, e eu a ele. Josita, sua mulher. Obstinada e sólida. Era as raízes daquela união, raízes fortes e grossas, capazes de afundar-se ou solapar o cimento e os ladrilhos do pátio. Gostava dela.

Meu pai não tolerava muito tempo estar comigo. Tinha afeto e sombras. E era como se o tempo se interpusesse entre a semente e o fruto.

Eu o amava sem referências. Fui procurá-lo, várias vezes. E se assemelhava a uma cidade tardia, às vezes deserta. Os gestos eram duros, os olhos não. Os olhos jamais. Tinha os olhos defendidos.

E soube que morreu. No jantar. Comia e se rompeu a aorta. Rompeu-se todo.

Josita pranteava com as mãos. E as rugas cálidas. Não chorei ali. Nem quis ver sua face. Não quero. Choro todos os dias, não ali. Que o tempo é matreiro e não darei palmatória à morte. Não me verá o inimigo-tempo chorar diante dele.

Vários amigos me falaram de Assombro, antes de conhecê-la: Clarício, Aracati, Solúmbrio. Eu estava só e vestia mal, por não discernir as cores das roupas ou as combinações. Ninguém me alertava.

Quando a apresentaram para mim, não a vi. Mas a uma mulher de trajes sóbrios, meã, morena, com olhos de menta e amêndoa. Não vi Assombro. Apenas, mais tarde, ao jantarmos juntos. Então descobri que os nossos sonhos e peles se misturavam. Já se encontraram antes, nos víramos por dentro: entre a retina e a pálpebra. E o amor extravia a feição do tempo, perde-o de vista.

Assombro tinha uma imaginação imbatível. Sem ser formosa, com as ancas arredondadas, era vivíssima e plácida. O olhar, às vezes, serenava, outras vezes, trovoava ao entusiasmar-se, e outras ainda condoía-se com as agruras cotidianas, ou zuniam suas pupilas como abelhas num favo. Recordando o que Virgílio, poeta, afiançou: "A mulher incessantemente varia e muda." Ela via, imaginando.

E imaginar é ir destelhando as imagens, desde o sótão. E não há imaginação maior do que ver o céu desenrolar-se sobre as nossas cabeças. Como se um avental redeasse amoras.

— Não, imaginar é assenhorear-se do real — salientei.

— É o domínio dos sonhos — acrescentou. Então Assombro se mesclava a eles e era o olor de menta pela sala. Locava dos sonhos a existência. Ou sua existência se exasperava em assumi-los. E eu enxertava nossa conversa, que parecia um filme em câmara lenta, com o que li do catalão Raimundo Lúlio: "Das semelhanças reais surgem as imaginadas, assim como os acidentes saem das substâncias."

Assombro era a substância de sua própria imaginação. E não há esplendor que resista, quando se está distraído. Perde a vista e nós ganhamos outra.

— "Pois nada sei sobre o que me curou. Sei que era cego e vejo." Não amava e agora amo.

Como posso contar a história sem fragmentos? Se eu descrever um padeiro, falarei do pão; se a um agricultor, tratarei do celeiro; se a um juiz, arrolarei as leis. Mas um povo arrulha como pombo as divisões, frações, para o pombal do destino.

E é fundado o templo, com pedra e cedro que se ajustam, sem o martelo da fúria. Porque as gerações se coordenam no amor.

A argila apenas toma as dimensões do sonho. E o construtor, as de suas pedras.

Assombro e eu, na fundura do quarto, nos achávamos. Bombeava seu corpo em flor. E me disse:
— O corpo é livre. Infla de amor.
"Câmara em caule de uma roda de nua bicicleta", pensei eu. Os corpos nus gritam o pólen. E o prazer corre, corre, como uma bicicleta pela ladeira abaixo, as rodas subindo ao céu.
— O que é amor voa — me disse. — Voamos.
— O que é amor sabe as altitudes e vales — respondi. E nos cobríamos com a noite.

Não estou no "país dos cegos", de Wells, nem persevero no ditado de que "num país de cegos, quem tem um olho é rei". O que ama designa. O ar é amor. As árvores e plantas. Também as montanhas e os rios. E era Assombro que me retinha entre seus braços. E nem o sol é mais cego sob nós. Açoitávamos o tempo.

Aos quinze anos, caí de um muro alto. Quebrei o pé direito. Até hoje esse pé me dói na aproximação da chuva ou no frio.
Desejava perambular pelo mundo, nunca consegui. O pé não pensa. Nem o muro raciocinou quando despenquei.
Já morei num porão, agora o tempo é mais fundo que o porão. Também tem o pé quebrado. O seu focinho me toca. E não sei por que mistério sobrevivo.

Conheço Assombro pelo odor, a pele e o cheiro de azeitona de sua nuca.
— O olor é profundidade — eu lhe dizia.
— O olor é o som do meu corpo junto ao teu — contestava.
E a lua na colina estava presa como loba pela cauda.

Eu vivia mais entre os livros especiosos da biblioteca que reuni. Nada para mim, ali, era demasiado. Congregara o que achava o melhor para ir sobrevivendo, como se viajasse numa arca e os livros fossem as espécies animais nela ancoradas. Não mais me afligia o abismo em que se afundaram as civilizações, nem se a barca estava ou não fundeada no monte Ararat.

Entre prateleiras circulares e vidros contra o pó desataviado pelas fendas, organizara, com rigor e algum denodo, os livros que me acompanhariam.

Não saía muito de Pertiles e Segismundo, de Cervantes, ou de Montaigne, dos *Ensaios*. Quando a poesia era sede, retornava à *Divina comédia*, ou aos dramas de Shakespeare, ou para a lírica camoniana, de lombada gasta, quase solta. E a obra completa, de Goethe, num volume.

E o Livro do Caminho, em Apocalipse, ou Evangelho de João, "onde no princípio era o Verbo e o Verbo estava em Deus e o Verbo era Deus".

Tanto lia, quanto a palavra era maior, maior do que eu. E sempre continha algo parente dos meus sonhos. Era essa a aldeia que eu amava, onde nunca deixava de ser menino.

Não, as palavras jamais envelheciam, nem eram feitas de pedra, argila, como as casas.

Segundo

De como o tempo mata sem vestígio

III

Dois investigadores sobre o tempo. O maravilhoso. Israel Rolando, escriba. Morte das gaivotas. Duso e o manual de eliminar o tempo. Sua máquina. A civilização.

Dois investigadores vieram para a comunidade, mandados pelo governo central. Chegaram taciturnos. Um era gordo, baixo e calvo, com os olhos miúdos e certeiros. Outro, achinesado, mais alto. Seus olhos davam a impressão de esferas sem aros.

Vinham descobrir a causa, detectar o vírus, separar em laboratório a enfermidade que abalava os cidadãos, o tempo. O laboratório provisório foi a sala interna da farmácia. Alguns aparelhos foram por eles trazidos. Depois se trasladaram ao hospital.

Exumaram mortos, colheram informações, atravessaram insones noites e apenas verificaram o efeito, jamais a causa.

E voltaram para suas casas, sem descobrir o que alterava o sangue, os rostos e corpos. Ou a espessura do proceloso e invisível bacilo. Ou se era germe de outro germe. Ou até a gota de água podia ativar o processo do caos. E, sem o caos, o que seria do abismo?

Nenhuma esperança tinha a sua semente. Nem o indício mais especioso do que matava.

Na manhã, acordei com as letras de um sonho e as fui rabiscando no papel. As letras eram grandes; iam avultando mais e mais. Imaginei que fosse a linguagem de algum país arcaico. A escrita parecia etrusca — os desenhos me levavam a uma espécie de esquecimento. E cada letra era um esquecimento mais informe, quando a noite começou a ser maior. E todas as letras eram de outros símbolos. Como cascas de outras cascas de ovos azuis. E até eles sonhavam.

A insensatez leva a altos níveis, mas a dor só é sensata na penúria. E a penúria, beneficente na fome. E ficamos sós com nossos mortos.

— A morte não nos entende — murmurou Assombro —, a vida sim.

— Ela não sabe viver; por isso mata.

— O que destrói não cresce — falou minha mulher, citando sua mãe, Oliva: serena, firme, olhos mais longos que os cabelos. Reiterava: "O que destrói perdeu o jeito de nascer." Cozia o pão no forno, enquanto a menina escutava o cheiro e rumor da levedura.

"A morte se enfastiou de si mesma", balbuciara a mãe. "Corroeu-se." E eu não remediava a morte, nem afrouxava o que de ninguém era. A palavra era. A palavra matava o que matava.

Compendiei algumas referências, talvez úteis aos leitores futuros sobre o maravilhoso, ou as romãs de ossos do sonho.

— Árvore verbal — diz o crítico.

— Animal de relâmpagos — dizia a criança que levava o desenho, na mão, de um tigre sonhando.

— Garra de chuva — para o domador de circo.

— Lâmpada de aromas — para o amante sedento.

— Idioma da seiva gotejando — para o agricultor de luas.

— O maravilhoso não precisa de óculos — exclamava minha avó sonolenta. E parecia uma bicicleta encostada na janela, quando olhava.

Eu, Israel Rolando, relato a minha história. Aposentei-me da marinha mercante, no cargo de capitão, há vários anos (misturo o tempo e fica em mim como um fardo sem peso). E reformei esta casa que era de meu bisavô no povoado, sem esperar que me entendam ou consolem. E jamais me ofusquei pelas muitas navegações. A verdade é espessa e não tem nenhuma obrigação de ser feliz. E não preciso sonhar para tamanha realidade, porque os sonhos não se repetem, o tempo sim. E desconfio que a sua enfermidade seja cega.

Aquela manhã, ao sair para o pátio, deparei-me com muitas gaivotas mortas no solo. Um rugir de vento cortara a noite e nada mais ouvíramos — Assombro e eu.
— O vento não mata pássaros — ela me disse.
— O vento é inofensivo como um garoto — sustentei um tanto desarvorado com as aves sem vida, entre folhas.

E olhei a rua, e o espetáculo era de igual desolação. Olhei em redor e não havia criminoso, só crime.

Nem podia imputar ao vento aquele extermínio de aves. Salvo se tivesse havido sublevação contra as outras hostes do ar.
— O vento não mata pássaros — me disse Assombro. E soube que a colina e a praia se juncavam de plumagens e corpos.
— O vento, mesmo irado ou inditoso, não mata — eu reiterava. Mas esse vento não seria prenúncio, talvez sinal de algum mortífero sonho?

Depois revoquei a hipótese de que uma camada do céu tivesse caído como avalanche sobre as aves e as esmagasse. Porém, o céu continuava inalterado. E as hipóteses são formas de prolongar o choque do conhecimento ou torná-lo mágico. E se todas as hipóteses se entretecessem, não seria eu a narrar, mas uma hipótese futura, devotamente revolvida. Até a demência.

Um engenheiro, Duso, inventou certa máquina, com roldanas e peças de velhos navios e um motor enferrujado de automóvel. Essa máquina, construída nas noites avariadas de insônia, foi posta num estrado de madeira, e ali o engenho de Duso se fez notar. Deu à máquina um contorno de círculo e colocou, entre o motor e as polias, um gramofone que desembocava em câmara escura. Tentava apanhar o tempo.

Na medida em que fosse circular, ele ressoava o gramofone, e o tempo ficava sonâmbulo, prisioneiro na escuridão da câmara. E o tempo não mais transitava, só a sombra dele.

O intuito do inventor, segundo ele, foi conseguido. E resolveu escrever o *Manual de eliminar o tempo* pelo sonho, mostrando como se comporta e o seu andar e cessar dentro do gramofone ou da câmara. E o motor o encaixava como roda.

Modesto, astuto ou prudente, Duso não exibiu em público a sua invenção. Nem deixou que o fizessem. O dito sucesso ou a infelicidade permaneceram só para ele.

Recordei minha experiência de capitão de navio, quando a névoa envolvia o convés e não alcançava as horas. O relógio era o mastro e eu me aborrecia com as réguas ou a bússola para traçar a direção e o sulco dos meses. Não, aquela máquina inventada por Duso, por mais engenhosa que fosse, não revelava, creio, o mesmo e almejado tempo.

As civilizações se definem na agonia. E os homens precisam imaginar para estarem livres. E mais livres seriam, se usassem o dom de imaginarem-se livres. Até o desespero.

Duso, calvo e de estatura pequena, pestanas cerradas e de tom, por vezes, grave, quis inventar — não o que superasse o transcurso do tempo, nem o que o retroagisse. Mas o que o amarrasse, mantendo-o, subjugado e cativo, como um dócil animal no cercado da inteligência, ou do gênio.

A invenção teria servido a esse desígnio? Apesar de as más línguas da vizinhança não confirmarem o seu êxito e as boas calarem, permanece só o testemunho pressuroso do inventor. Às vezes, o silêncio. E o tempo, esse persiste, mais invisível ainda. Como se estivesse sorrindo da ineficiente presunção humana.

Algo estranho sucedeu. Ao descrever os traços de Duso, observei que eles mudaram. Eram mais acentuados. Agora se desvencilhavam uns dos outros.

E eu era como um cego de nascença, incapacitado, desde logo, a enunciar as coisas visíveis. Talvez por ter a amabilidade proveitosa de, sobre as coisas, inclinar a cabeça. Ou talvez por elas roçarem o tênue fio de minha sorte. Ou talvez se desagregasse, aos poucos, a concêntrica retenção da memória.

Meu propósito era mais feroz que o de Duso. Conseguir destruir o tempo, eliminando qualquer hipótese de sua investida ou a possibilidade eventual de sua existência.

Não o queria mais empurrando os vivos, nem concordava com que engaiolasse os seres, ou injetasse o vírus de sua inoportuna demência.

Por isso, cataloguei, dia por dia, os sintomas que ele desprevenia. Sempre efeitos: as causas se deturpavam ou desmobilizavam ao serem vistas. E as ruínas nascem de suas escoras ocultas, ou talvez da distração melancólica. As civilizações se encolhem ou se elevam como a maré montante dos humanos sonhos.

IV

O jornal A Ordem, fundado por Demétrio. Cometa de Halley. Árcio. Herodíades. A experiência de Aristides com os extraterrestres. A dimensão do sonho e do pesadelo. Entrevista com Pórfio, autor de As catacumbas da História. *Nenzinho. Belidoro. O bombeiro Castro. A velhice do tempo. Agentes duplos.*

A comunidade possuía um jornal de pequena tiragem, *A Ordem*, impresso numa gráfica manual. E que Parmênides chamava de "intransigente". Mas intransigentes eram os que tinham a coragem de divergir dele.

O autor dessa peripécia jornalística semanal, em três folhas espalhafatosas e tinta forte, era um tal de Demétrio — gladiador provinciano, preso ao argumento de que beber aprimora a inspiração. E se inspirava, entre um bar e outro, em fervorosos tragos.

Falava-se de sua filiação a uma sociedade secreta. Não se comprovou, pois era um liberal nos gestos. Nada é mais secreto que a imaginação, antes de letrar-se.

Que notícias resvalavam no gargalo? O jornal relatava fatos, acidentes, aniversários ilustres, artigos polêmicos, poemas e o resultado das infrutíferas investigações sobre o tempo e os males que se multiplicavam.

O cometa de Halley ia aparecer no céu e foi a sensação dos noticiários. Astrônomos, alguns do exterior, como vaga-lumes, iam e vinham, com seus telescópios; outros, leigos, com chamuscados vidros. Todos imaginavam o retorno do cometa, que trazia nas aparições sua cauda comburente.

O jornal propalou o advento deste lombo azul que se descerrava como um potro disparando.

E eu não me nutria de notícias, mas de símbolos. E o tão aguardado cometa singrou o firmamento de tão longe, que só foi visto num rastro, por alguns bem-aventurados. Um ponto, para outros, sem que a maravilha fosse sequer constatada.

Assombro defendia a idéia de que o cometa era um espelho que caiu sobre o mar. E eu não respondia. O céu também tem sonhos que se desprendem, ao serem despertos. E os símbolos, para mim, quanto mais velhos, mais se revelam.

O jornal divulgou que o Halley era azul. Eu assuntava ter visto um cano de orvalho que jorrou.

— É preciso desligar o chafariz — Assombro aconselhou-me, sorrindo. Seriamente, não sabia mais onde a torneira se escondera. Sim, os símbolos estão vivos, soltos, e se não os desligarmos por uns dias, o fulgor da imaginação será mais forte do que o tempo.

"É a inclusão e não a exclusão, a chave da sobrevivência" — esta frase foi lida por mim em *A Ordem*; sua autoria se perdeu. Porém, a explosão, em cadeia, continua em minha cabeça. Esse lampejo de que as pessoas, mais que as coisas, devem ser recuperadas, jamais destruídas.

Mas não desistia de como agarrar o tempo. Capturá-lo numa garrafa, como Aladim, história que tanto ouvi na infância. Ou o tempo é o mesmo e escorregadio da experiência narrada por Simbad, o Marujo: quando se ocupava no solo do que achava ser uma ilha, ela de repente passou a se mexer e tremer, e todos, ele e os companheiros, se assustaram. Era um peixe gigante flutuando na superfície das águas, imóvel por aluviões acumulados no dorso. Quando alguém acendeu o fogo no seu interior, a ilha se afundou, como se fosse aspirada ao fundo. E alguns que estavam sobre ela se afogaram.

O tempo é a ilha, peixe gigante. Não é fugindo que o enfrentamos. Não pertencemos a ele, ou à sua larvosa família.

Vi o rosto de Árcio, o violinista, no jornal. E o procurei. Soubera de sua vinda. Tinha esta peculiaridade, entre outras: uma das cor-

das não era do violino. Mas de sua alma. Como se corda portátil fosse. Só tocava com ela.
— O violino é o firmamento preso às mãos — explicou-me. Estudara em Viena e integrou a Orquestra Sinfônica de Berlim. Virtuose do violino. O instrumento não lhe realizava apenas a vontade. Ele era a vontade do instrumento.
Voltou ao povoado, velho e glorioso. Retornou à infância, à deserta casa, onde vivera com seus pais. Até a alma romper-lhe a corda.

Um líder governamental me telefonou. Herodíades, que conheci na marinha mercante. Ele era procurador, então, de uma firma de grande estoque de café. Devia carregá-lo no meu navio para a França, desembarcando a carga em Calais. Caracterizava-se pelo bigode farto (envelheceu) e certa elegância no trajar. Seu método era falar sem me possibilitar resposta. Eu intervinha e ele continuava o seu verbo de goteira intransponível. Queria que eu intercedesse junto ao jornal *A Ordem*, pronto a divulgar notícias desabonadoras, sobretudo, de seus negócios, pouco ortodoxos.

Eu já não estava na marinha mercante e as cargas que levava eram da alma. Sua voz se assemelhava a um disco fanhoso.

Ao não me deixar falar, cheguei ao ponto de não escutá-lo. O silêncio é mais eloqüente do que a dor. E a dor, mesmo fanhosa, jamais será política. Não tendo eu nada com a república que aplicava as aptidões de logro com o discurso tão diferente da ação.

Eu era um escrevente. Para uns, lúcido, e para outros, louco. Só liderava meus fantasmas sem governo.

Ao rabiscar no caderno símbolos e mitos, aprumava a roda de marés entre a caneta e as mãos.

Aristides — metido a jurisconsulto, um advogado de porta de xadrez —, sonhara tanto e tanto, que não mais distinguia dia, noite. E não perdera o vezo de ufólogo. Não sei se por sonho ou realidade, viu pousar na colina um disco voador, ora de cor alaranjada, ora azul, crestando a erva. E dali surgiram dois seres de cabeças imensas, braços, pernas, corpos que não ultrapassavam o meio metro. Os olhos grandes, dois buracos rutilantes. Gesticulavam. Não entendia sua língua gutural. E o levaram para dentro do disco, que, rápido, ascendeu. Depois não viu mais nada. Jazia em sua cama, no primeiro piso, quando acordou. Era a mesma escadaria lá fora, o mesmo prédio da mercearia do Souza, com sua lâmpada fosforescente e letras garrafais. Mas algo sucedeu, que não era apenas da memória. Talvez do esquecimento. Ou de um sonho que não tinha mais voz. Salvo o rumor de rodas se elevando.

"Seres estranhos" — li, de manhã, ao receber o jornal. As criaturas que o testemunho de Aristides descreveu não diferem daquelas que, certa vez, sonhei: cabeças desproporcionais, olhos de viço incomum e os corpos anões e finos, como se espécies de plantas fossem. Girassóis azuis — na haste. Serão humanos esses sonhos, ou que desejo de convívio suportavam, ou eram apenas aviso do universo?
Alguns não criam. Ironizavam. As criaturas foram objeto de uma caricatura, no jornal *A Ordem*, na edição seguinte, feita por Irineu, o ilustrador. A de dois seres extraterrestres, com as línguas para fora. E o terceiro deles planava como um aeroplano de brinquedo, a que foi dada corda. Há um ditado: "A faca deve ser oculta na gaveta, como a língua." Se não existia, invento agora. Não imaginava como não ter misericórdia do homem cercado de perguntas e dos outros, visitantes, que ficaram prisioneiros, sem saberem, dentro do sonho.

Enfurnara-me nos livros ou nas oscilações da natureza-mestra e das estrelas, buscando o ajuste entre o universo e o tempo. Não indagava por que a lua estava tão grande e única, se ela era a própria inscrição dos homens primevos na caverna.

Apropriando-me dos sinais e da luz, não me dava conta, como agora, de que Assombro, ao se rir, era a lua.

Quem nos acudirá, quando a palavra entre nós envelhecer e não tivermos mais essa comunicação parcimoniosa dos vivos?

Quem nos acudirá, se a velhice se apossar da memória e nós soletrarmos o esquecimento, entre mortos e mudos? A velhice inoculará o tempo, e ficaremos livres.

Acreditavam os antigos que as abelhas saíam da cabeça de um touro morto. Sansão retirou favos de mel da pele de um leão por ele abatido. Mas tais fatos nada têm a ver com essa história de touro e leão, porque em parte as coisas assomam e em parte são reveladas.

E a imaginação produz frutos novos e imprevisíveis, sem lutar consigo mesma. Podemos ver o mundo de um navio ou de um barril, através de seus buracos. Assim pensavam Platão, Rabelais e mais não refiro por lhaneza. E eu vejo o mundo através de minhas palavras.

Se Pitágoras sustentava que o homem é uma árvore ao avesso, percebo que o homem não passa de sombra de uma árvore.

As palavras se modulam na compleição do pensamento, e a elevação dos espíritos nos convoca à plenitude do paraíso.

E, olhando este arraial da madrugada sobre Assombro, creio na imortalidade da palavra. Sei que ela tem corpo e alma, é dotada do espírito que rege o universo, com seu lugar, às vezes, sem ruído, entre coisas fortuitas ou terrestres. Creio na duração do homem.

Aprendi um pouco com Lucrécio, o poeta. E outro tanto com Sêneca, em suas cartas. Além deles, com a sapiência de Malherbe: "Desejar o que Deus quer é a única maneira de conservar a serenidade." E era o que tentávamos, Assombro e eu, cada dia: olhar com serenidade, ali, onde Deus assume intervalos e espaços. "E os átomos ou as partículas elementares não são tão reais como os fatos quotidianos." A frase é de Heisenberg, físico alemão. Sim, prodigioso é o que nos rodeia. Não podemos deixar de ver.

A terceira dimensão é a do sonho. A quarta, a do pesadelo. Entre um e outro, operam os símbolos. E ativam a dimensão inumerável — que o combate ao tempo me ensinou, mediante proezas e aluviões da alma.

Não, não posso esquecer nada. Porque a memória enlouqueceu. E o que se inventa é o que se recorda.

Assombro me despertou, às sete horas, com um sorriso.

Esfreguei os olhos que se grudavam nas sacadas do sono.

— É preciso ir reacendendo a alegria — me disse.

— O gosto da água e o do pão, o gosto das manhãs — repeti. Deu-me as mãos e elas tinham doces pupilas. Olhavam juntas.

E fomos para a biblioteca e nos sentamos nas cadeiras de balanço: uma de pano rubro e outra de mogno, com rodas laterais. O teto era uma roda. Onde os pensamentos iam, seguiam as rodas da manhã, enquanto assentavam sobre os joelhos dois ventos azuis. E nossas pernas caladas se cruzaram.

Cercada de estantes de livros, à direita e esquerda, a parede frontal estava cheia de navios, com modelos de várias épocas. Todos navegavam.

Nenzinho era fazedor de telhados e, nas horas vagas, pescador. Com um sócio, fora-se o barco. E se esforçava nos telhados para comprar um novo barco. Tinha as mãos e o suor nos caibros, o pensamento velejando. E conseguiu a façanha almejada.

Trouxe-me, certa manhã, um linguado de seis quilos. Transportava-o nas costas como um bezerro.

— Aqui está um presente das ondas — me disse. Derramei a alegria no garfo. Várias vezes o linguado se reinventou na mesa. Assombro deliciava-me o apetite, entre receitas. O que se toca, é novo. Eu levitava com a língua de meus olhos.

Nenzinho persistia levantando telhados. E quando o Oceano se irava e a tempestade carregava seu fuzil, Nenzinho tripulava o barco.

— Quantos tetos e telhados eu ergui: estou sem teto sobre as águas. — Escolhia perigos. Nenhum peixe olhava. E era um peixe grande, o barco. Nenzinho, Jonas. E o peixe-barco o vomitou na praia.

Na rua mais estreita da comunidade, residia Pórfio, o ficcionista, em casa com terraço, onde instalara uma branca roda de carreta, lembrando andarilhos ancestrais.

Os mais íntimos, entre eles, Helena, sua tia, curvada pelos anos; o gato angorá, Anastácio, e seu quase vizinho, Parmênides, diziam que estava gerando uma novela, cujo título ocultava. Vivia entre alfarrábios, enciclopédias, romances de cavalaria e alguns volumes de Faulkner, Proust, além dos clássicos, como Vieira, Suetônio, Tito Lívio, Lucano.

Um dia, ao encontrá-lo na praça, indaguei-lhe sobre a nova obra. Espantou-se com a pergunta e me foi dizendo:

— O livro é rota que minha bússola aponta, e o texto vai como um navio, obedecendo. Não sei para onde.

Ao insistir a respeito do que lia, confessou-me:

— Leio pouco, releio e tresleio muito. Sobretudo, os autores que amo.

Parecia rodeado de sombras. Algumas, disformes. Descarreguei a última pergunta:

— Quais?

E ele nem pensou:

— Os clássicos.
Nos despedimos, e eu me interrogava sobre a amplitude dos clássicos. Talvez tenha querido dizer apenas isto: "Leio os clássicos porque são os nossos contemporâneos."
Era um trabalhador humilde e incansável. Lançara, dois anos atrás, *As catacumbas da História*, com temas apocalípticos. E teve o desprazer de um crítico — o Horaciano, dentista aposentado, de lentes avultadas e olhos cada vez menores — meter-se, canhestramente, com seu livro, no jornal *A Ordem*, suscitando-lhe, de forma incongruente e parcial, a inverossimilhança de alguns trechos e recusando-lhe o gênero novela. Pórfio se fechou em copas, inicialmente. Semanas após, fez, no mesmo periódico, uma alusão genérica à crítica, asseverando que "nada é inverossímil diante da capacidade intuitiva de encantar-se. E o encantamento não é nosso, mas da vida". E concluiu com o preceito de Jonathan Swift, seu autor de cabeceira: "Deite abaixo uma centena de reputações e elevará a sua, com toda a certeza; desde que seja com espírito, a justiça não importa(...)" Mas nada lhe tocaria na certeza e no ânimo de que a humanidade era um pesadelo. A crítica mudava conforme os tinos da imaginação. E os sonhos podiam superá-los, pois não somos nós que sobrevivemos, é o que a palavra aperfeiçoada quer.

O povoado tinha um cego que caminhava com sua vara tateando, na colina verdejante. Belidoro, magro e cego. O companheiro que o seguia, voando, era um pintassilgo que apelidara de Zelindo. Ficara cego na guerra, aonde fora com os expedicionários. Murmurava, muitas vezes:
— A loucura dos homens crê sobreviver matando sem parar.
Zelindo passarinhou sobre a palma da mão de Belidoro no pátio, junto ao alpendre, abicando os miolos de pão que a mãe Cleonice, sempre benevolente na idade e no coração, atirara. Não mais se afastaram um do outro.

Levava o passarinho até para o seu quarto. Sonhavam juntos. Um que era pássaro e o pássaro, que era homem.

São novas todas as coisas, quando amamos. Novas e surpreendentes. Beatriz, mulher de Ricardo, estava grávida, pronta para dar à luz. O marido caminhara muitas quadras sem conseguir condução. E Beatriz, a cem metros de sua casa, tentava ir à maternidade, mas caiu no solo, contorcendo-se. Foi então ajudada pelo bombeiro Castro, que passava. Relatou ele:

— A cabeça da criança ia saindo. Agarrei a cabeça com as duas mãos, gritei *sai para fora* e pulou como um relâmpago. Enzo, o nome do menino.

— A vida não é um sonho mas pode chegar a ser um sonho — para Novalis, pastor de versos do povoado. E foi o sonho de Beatriz na semente de Ricardo, que era o sonho de Ricardo que o bombeiro Castro sonhou. E Enzo veio como imagem saltando para fora da palavra.

A vida não é mais agarrável.

Hannah Arendt referiu que o maior crime do século é a banalização do mal. Promana de outras banalizações: as da consciência, cultura, criação, inteligência. Pórfio detestava a banalização do romance. Dizia: "Escrever não é olhar para a superfície, mas para dentro. Não me interessa descrever se o personagem foi até à janela, porém, se a janela penetrou por ele adentro."

E me lembrava de Braque: "Pintar não é retratar. A verossimilhança não é um engano da vista."

Seria um engano do tempo?

Pórfio argumentava: "Os leitores nos depuram, se nós aprimorarmos a exigência."

E eu pensava na missão de um escriba, como a de um carpinteiro, ou carteiro, na guerra e na paz, que permanecem trabalhando — um na madeira, outro na entrega de cartas —, seguros de que as coisas se sucedem. E a consciência não se protela, nem se apaga.

Somos agentes duplos do tempo, sem sabermos. E ele vagueou, aqui. Deixou ração carreada de formigas, sua doença de esquecer, informações, vestígios. Bufava, como se fizesse alguma coisa sem minha concordância. Também largou sua arma junto ao coldre. Nem arredou o espaço para a gravitação dos sonhos, nem se escutou sequer o rechinar de seus sapatos. Soltou a cinza batida. Soltou o alforje de gerações. Soltou, soltou a morte. Serei agente duplo do que me foge?

Terceiro

De como Sândalo Acabe venceu as eleições. Estratégias do poder

V

Sândalo Acabe e as eleições. Lição de Maquiavel. A moeda dos réis, do governo, e o escambo, do povo. Clárido. Provérbios. A teoria das esferas com a dimensão dos sonhos. Versão e fato. Simão-o-Coxo e a forma com que foi curado. Choque entre o jornal A Ordem e o governo: artigo de Demétrio. A estratégia de recuo do poder.

Sândalo, de alcunha Acabe, foi escolhido governante, através da influência animosa da mídia, por votação maciça sobre o seu imediato concorrente. E Assombro, que teve o governo do guerreiro Davi, ou de severíssimo Jeroboão, o que açoitava com escorpiões, agora era regido por Sândalo, o introdutor da moeda dos réis.

Alguns retiravam o acento diante de certo clima autoritário, para a moeda dos reis. E eu não posso esquecer o provérbio: "Sê como o sândalo, que perfuma o machado que o fere." Ao contrário da rosa de Shakespeare, havia discórdia entre o nome da flor e o aroma. E esse Sândalo é que feria as mãos que o perfumaram. Com a perseguição aos aposentados, funcionários e a abolição dos direitos adquiridos.

Todavia, Saint-Just assevera que "a arte de governar produz monstros", como a de sonhar, pesadelos. No entanto, são os pesadelos que geram monstros. E os governos monstruosos não serão apenas defeitos do espelho. Pois Nietzsche tinha razão ao afirmar que o Estado é o mais frio dos monstros.

E acredito que, assim como textos descendem de outros textos, governos descendem de outros governos. Embora sejam, provavelmente, roídos pelos ratos. E os ratos os sucedam, de forma inapelável.

Os governos, em regra, não pensam. Engendram cúmplices. E, se pensam, tornam-se minudentes, excessivamente perigosos. Minha convicção é a de que o povo é mais forte. E prevalece, criando suas opções. Sim, o Marquês de Vanvernarges admite, em suas *Reflexões ou máximas* (nome estrambótico, cujo livro encontrei num sebo, entre raridades): "Quem sabe suportar tudo, pode ousar tudo." A capacidade do povo de suportar governantes faz com que ouse afastar-se deles. Arredando a necessidade dos governos. Poupando até o persuasivo e operoso trabalho dos roedores.

Maquiavel prevê que o Estado deve sustentar-se a si mesmo. Mas a moeda dos réis enferrujara como um latão barato, exposto à maresia. O que sustentava o Estado eram os cidadãos que se afiguravam mais ditosos, com o escambo. E o poder tornara-se águia atada ao dono, o povo, por um cordão de esfera circular. Planava nos limites, até ficar doméstica e sensível ao impulso de seu amestrador.

Maquiavel defendia a tese de "aprender o caminho do inferno para fugir dele".

O caminho do inferno, como o visgo de um peixe, já detém o perigo de resvalar e cair. É ali o silêncio. A palavra, dentro de sua esfera, fareja no amor o paraíso.

A nova moeda decretada pelo governo não funcionava. Ganhara a fama jocosa — a moeda dos réis. E uma das medidas governamentais, ao inventá-la, foi a de reduzir salários. Até os dos aposentados com direitos adquiridos de uma Constituição que era apenas tolerada e não obedecida. Mesmo que um decreto afirme que o rei está vestido, não estando, se aparecer na rua nu, será incontrolável a nudez. E os réis tinham duas faces, que não se confundiam: a do governo e comércio — valiosa. E a dos salários, aviltante. Essa nudez da moeda não tinha a ver com a Vida. E o povo começou a ignorá-la. Foi quando Demétrio, em *A Ordem*, suscitou a permuta como solução à existência da futura comunidade. E réis vigoravam unicamente no câmbio oficial, como um milho falseado que não satisfazia a fome dos pombos.

Anuí rapidamente a essa idéia. Não me esquivava do mágico ou das elementares relações do mundo. E os habitantes disseminaram o refrão, aludido vez e outra:

— Os minutos são tão cruéis como os réis.

E os mais necessitados utilizavam a permuta que se generalizou, fora dos redutos oficiais.

"As necessidades geram suas leis" — assinalou um dos mais ilustres eruditos. E administram fatores circunstanciais e lúdicos. Sim, o povo principiou a trocar o que fazia com as mãos, ou a mente. O que plantava, produzia, criava. O manual e o intelectual se compensavam. E pensava no portentoso.

Baltasar Gracián, ao observar que a natureza costuma abandonar-nos de repente, aconselha-nos ao recurso da arte. E eu desconhecia arte tão preciosa quanto a de povoar o espaço da sobrevivência. Assim, esse processo de escambo tomou feitio. E se via o júbilo de se aninharem hortas, galinhas, porcos, artesanatos, pomares, ou a intensificação da caça ou da pesca. E do ensinamento de letras, filosofias, linguagens.

Parmênides prosperou. Os alunos foram se transformando em

mestres. Poetas trocavam poemas por melões ou abóboras. E a poesia era parte da comunidade, que carecia de mel silvestre e cogumelos. O que ensinava recebia do aprendiz o pagamento com cenouras ou alfaces. E o que lavrava a terra recebia, em troca, carne de boi e ovelha, blusas, vestidos, calças e sapatos. "Nada se perdia, tudo mudava de mãos ou de bocas" — era outro provérbio, freqüentemente nomeado. E os provérbios se açulavam na chama das intenções e entendimentos:

"O entendimento é dom de estar em alma."
"Meia palavra basta para o que tem pensamento inteiro."
"Nadar com o corpo é deixar flutuar a alma."
"A astúcia é acautelar-se nas minúcias."
"Vivo é o que acende em lume o grão."
"O grão é o armazém da noite e o porão da terra."
"A vida só é produto dos que vivem."
"Quem não sacia não dorme."

E o sonho se fez apetitoso. A visão com o nome das coisas era ensinada em troca de flores. E borboletas, em troca de novas palavras. E estas, por selos postais. Alguns livros foram vendidos por peixes.

A revolução não estava sendo feita por decretos ou baionetas, mas pela graça sobrevivente do povo. E a linguagem ajudava a resistir.

Quando uma palavra era designada, não podia mais retroceder. Surgiu um poeta-profeta no meio do povo. Acreditava no poder irrefreável dos vocábulos. Alguns ditos na luz curavam depressões, melancolias, medos.

Clárido (era seu nome) tinha o nariz proeminente e rosadas as maçãs do rosto, apesar dos cinqüenta. Vaticinava ser a linguagem o último baluarte da espécie. E pela palavra se podia arrostar ou repreender o tempo.

Não confiava na ciência, mas na desatomização do sol com a palavra sol. E se energizava junto às árvores. Ou conseguia pela fé que a chuva parasse na própria redondeza de chover e o inverno saltasse pela janela afora, ao ser derramada a palavra.

O aforismo de Hipócrates sustenta que todas as moléstias se verificam em todas as estações. Mas ele cria que, através de vocábulos, as convalescenças não possuíam mais estações, nem rios. E é de sábia loucura o rebentar nos atos da palavra que vai provendo celeiros. Quando dúvidas e lutas são mais enriquecedoras do que as descobertas.

E se a visão pode nos ocupar excessivamente, é a linguagem que a revela. E a visão se embaraça e não logra distanciar-se. É quando as coisas se ocultam em nova visão. Só é preciso amarinhá-las. E a visão vem de outra e outra, até esgotarmos o mar.

Ver jamais me esgota. Nem o demasiado sonho. Mesmo que seja o gesto de escrever uma carta para as estrelas.

O sonho possui um fundo que não vejo. E me fica a impressão de que é ele que me olha. E entre nós dois há um outro fundo que nos espia. E outros que se deslocam entre si. Que são tribulações, calamidades. Só o fundo aparente da realidade é falso. O verdadeiro, e que se esconde, não alcançarei senão quando o tempo se desencadear como uma esfera em outra.

E surgiam as versões da esfera, entre os cidadãos mais relutantes. Para os solitários era o armilar recôndito, o coração, onde se choravam ou se exprimiam segredos impronunciáveis. Ou se recolhiam como fetos no ventre da mãe, ou numa cela arredondada, a infância.

Para os solidários, a visão se modificava. A esfera, ato de amor na concha do universo. A alma era una e os corpos consolidavam o oblongo ciclo das estações, em volta da semente.

Para os insones, que não eram coletivos, nem sozinhos, ou aos insones de um trem a outro, nos subúrbios do povoado, "tudo é mais que a soma das partes". Ora, as porções da esfera não perfaziam a sua totalidade, bem mais ampla. Os amores e ódios, as confabulações e os dramas são maiores que o cosmos.

Não me interessava a versão, mas os fatos. A potencialidade da esfera é a arte de mover o mundo. Nas conjunções, o sonho. Nas imaginações, o pesadelo. E o povo adquiria uma noção de liberdade, que a permuta criara, com a noção da terrestre aliança.

E nos acostumávamos a viver nas dimensões da esfera. Com as novas formas que ela germinava. O instinto era um abismo? A razão, um plasma? E a experiência de um povo unido gerava o que tratados, leis, programas, projetos jamais ofuscariam. Com a palavra da palavra: o mundo.

Descobrir vantagens vai depurando astúcias. E clareou-se o discernimento, de chuva em uva, de troca em troca. Viver se entreajudava.

E a moeda dos réis se envergonhara: espantalho afugentando pássaros. E era símbolo do empedernido tempo, que tantas vezes tentei pegar no meu caderno e se evaporava no roçado das milharais letras. E se evaporava. Agora, não. Na prática do povo, o dia é limpo. Não servia mais a uma moeda de outra moeda. Mas ao sonho.Que ralhava na luz o universo, como os pés tocam graveto e solo. Ou se abraça a um tronco rilhado de andorinhas.

Simão, coxo de nascença, antes enfronhado em adivinhações, bebidas, cartas, gostava do acaso e seus contornos. Brincava de viver, entre uma perna e outra, sem permitir que lhe enferrujassem a arte de afirmar o que pensava. E pensava sonhando. Como se o delírio continuasse a fala — cargueiro andando trôpego.

Vivia às turras com Dora, sua mulher, com quem não casou. Fora vereador. Não cumpriu o mandato e nem mais se candidatou, pois pensava sonhando. Mesmo que o delírio fosse tão comum entre os políticos. O sonho era a sua razão, e se mal fazia, entre os pesadelos, era a si mesmo.

A palavra de Clárido o atingiu, arrancou do delírio. Converteu-se com ela, como um poial de violetas diante do orvalho. E se tornou manso, irreconhecível. Inseparável de Clárido. E o seu processo de transmutação não feneceu, nem se anoitou. Tocado, um dia, pelo trovão-palavra, foi sonhando e não estava mais coxo. Ficou tão feliz, que sumiu num de seus sonhos. E Dora conta que é visitada por ele, algumas vezes, quando dorme.

Ao ler Baltasar Gracián, deparei-me com esta sentença: "Os defeitos do espírito são mais disformes que os do corpo, pois contrariam um padrão mais alto de beleza."

Que defeitos posso eu inculcar ao tempo? E se não são do corpo, são do espírito. E se são do espírito, que disformes contusões ou embaraços nos condicionam ao seu desfecho?

Assombro não questionava. Só se enternecia. E eu era uma embarcação, cuja memória do futuro tinha um rombo no casco.

Demétrio, o jornalista, bateu no portão de meu pátio e atendi. Nos abraçamos.

— Recebi determinações do governo para fechar o meu jornal.

— Qual o motivo?

— O escambo. Não mais suporta o fato de o povo abandonar os réis. E não posso, com meu jornal, abandonar o povo.

— Ainda mais agora, que os habitantes voltam ao seu primeiro rosto.

— Não tem rosto o tempo.

— E o espírito é impresso, quando voa a palavra.
— Como trancá-lo?

Apareceu, numa edição extra de *A Ordem*, o seguinte artigo escrito pela redação do jornal dirigido por Demétrio, sob o título "Não calaremos":

"O Governo Central ameaçou determinar o fechamento deste periódico, se não calássemos, apoiando o escambo que o povo já fez prosperar, como estágio de liberdade contra a moeda dos réis, que é um dedo sem anéis. ('Vão-se os anéis, ficam os dedos.') Na verdade, a estratificação da autoridade política é um fenômeno contínuo, advindo da deformante hereditariedade biológica das espécies, capaz de nos conduzir a um retorno à era dos dinossauros.

Mas não calaremos, quando a legitimidade do poder declinou acentuadamente, pois os 'súditos' não crêem que ele tenha a qualidade que antes lhe atribuíam. Assim, não paira mais a Autoridade, e sim o autoritarismo, com a mudança dos princípios norteadores de sua soberania, emanada do povo. Contaminou-se, sob uma ambigüidade que é corrupção e desvalida riqueza.

E nos ergueremos contra toda a arbitrariedade, venha de quem vier, sem o medo da mordaça ou da cela. Não, não aceitaremos a escuridão e o esfacelamento da palavra."

E vaticinou, concluindo: "Avizinha-se o dia em que Sândalo, este sorridente governante, outrora agraciado pela mídia, acabe trancado em seu palácio, sem conseguir mais chegar às ruas."

Esse artigo inflamado, sob certa influência de Norberto Bobbio, famoso cientista político, uma das admirações de Demétrio, surtiu efeito. O poder ameaçador perdeu a repentina cauda de escorpião, tragando o tom e a voz. Talvez para não ser ainda mais abalado na sua estratégia de durar. Ou como sombra que, em tácita caverna, continua engendrando monstros.

Li esse artigo como se tivesse visto o filme de um sonho pelo avesso. E o tempo fosse o intérprete.

E se não houvesse a imperiosa força do povo e da imprensa, estaríamos constatando o que o grego Nikos Grigoriádis escreveu (na versão feliz do morador de Assombro, José Paulo Paes):

"Não me incomoda a corda, mas a cadeira que puxaram de sob os meus pés."

E se foi puxada a cadeira, rompeu-se a corda; puxaram-se as pernas do poder, antes de seu ataque. Puxou-se a morte, antes de haver a morte. E o sonho foi puxado pelas bordas, até tirar a linha desta agulha de esquecer.

Quarto

De como o povo puxa a água, puxa o sonho. Gabirus

VI

Os gabirus invadem Assombro. Os gabirus e os ratos. Seus estranhos hábitos. Teoria ou dogmas funcionais da fome. As opiniões dos religiosos, pedagogos, sectários, socialistas e monárquicos. Orlando e o método de expulsar os ratos do homem. Conselho Municipal. Comissão nomeada. A arte do povo: mudar e construir. Novalis, pastor. A reeducação dos gabirus.

"É melhor viver sob a pata de um leão que ser exposto, continuamente, aos dentes de milhões de ratos." Assim pensava Voltaire. E penso eu. Sem ter do enciclopedista francês a gloriosa contro-vérsia, ou a clareza de estilo. Mas os membros da comunidade lindeira com Assombro, em vez de se exporem aos dentes dos ratos, expõem os ratos aos seus, afiadíssimos.
Isolados, desconhecem a palavra e a palavra os desconhece.
E esses roazes vizinhos são chamados gabirus. Com o medo incessante da ratoeira. Seriam homens? Raça de anões, consentem em viver, não vivem. E nem se sabe ao certo quem são os ratos, quem são os anões. Isentos de consciência, pastos de políticos, não levam sequer esperanças terrenas ou eternas.
E de noite são um perigo para nós. Alguns foram vistos ocul-

tando-se na relva da colina. Outros entram, roedores, em recantos espessos do povoado. Outros subtraem roupas, sapatos ou algum pão; visitam, furtivos, as despensas. E comem ratos, até que os ratos se revoltem contra eles.

E ao penetrarem, clandestinamente, em Assombro, mostram quanto são incrédulos e mordazes parceiros do tempo.

No entanto, os dentes não são sábios; a fome dissolve as alianças. E não faz prisioneiros.

Um bando ousado de homens gabirus invadiram, famintos, numa noite de pequena lua, Assombro. E se adonaram de três lotes baldios. O Prefeito Euzébio tentou arredá-los, no exercício de seu poder de polícia, sem conseguir.

O povoado não se queixava dessa usurpação, senão entre murmúrios. Um cavalo, na proximidade dos lotes ocupados, soltou-se de sua brida e, espantado, poroso, correu entre os anões, com fortes relinchos. Mas não parou. Como se um rebento de fogo sobre a cauda, ou abelhas o seguissem. Era um presságio?

Comiam ratos. E, como a natureza do que come absorve a do que foi digerido, os gabirus tomavam lisos pêlos, lentamente. Os queixos se alongavam em focinhos pontiagudos. E, em vez da fala, puseram-se a guinchar. Com ótima audição, engatilhavam dentes, cada vez mais cortantes.

Tais viventes já têm antecedentes históricos. Os discípulos de Paracelso acometeram a criação de um homúnculo, por obra de alquimia. Não era obra mais monstruosa que a dos gabirus. Sem a alquimia dos sonhos, a obra da realidade é bem mais extravagante e funesta.

E eu, que relato esses fatos, recordo-me de Cícero. Se tivesse ele dado maior importância aos ratos, temeria a segurança da pátria, uma vez que em sua casa roeram os tomos de *A república*. E como ao livro de Epicuro — *Da alegria de viver* — também roeram, temia um encarecimento da existência. E Calpúrnio, que teve por eles devorados seus sapatos, surpreendia-se não serem os sapatos a roer os ratos. E não sou ingênuo a ponto de contrariar essas opiniões da história.

Os gabirus, que eram um bando e assim agiam, no transitar dos dias, foram-se multiplicando.

Apareciam nos lugares mais inesperados. Numa bota, em gavetas, ou nos quintais, onde cachorros furiosos os dilaceravam.

Não existia grade, cerca ou muro que bastasse. Subtraíram merendas escolares ou tênis de crianças. Nem o couro e o pano amordaçam seus dentes. O sorveteiro abria, lânguido, a tampa da carroça e, em vez do picolé, ocultava-se um moleque gabiruano.

As galinhas não dormitavam na paz dos galinheiros, com seus ovos furtados. E cada vez mais nós vislumbrávamos os acesos olhos gabirus nos quadros de Klee, Bosch, Miró. Consciência mergulhada em outra, no universo. Imensa.

E, caros leitores, como as rãs numa das pragas do Egito, gabirus se instalavam nas casas, subiam nos dormitórios, sobre as camas, pelos fornos e amassadeiras. Entravam nos templos da Santa Madre Igreja, de estilo mais burocrata, e homens-ratos gabirus freqüentavam, com fervorosos pêlos, a sacristia ou ascendiam à torre, entre sinos, ou se assentavam nos cabidos, ou sob o púlpito. Outras vezes se apossavam dos porões do vigário-geral da arquidiocese. Ou alguns roíam bulas de vida perene ou papéis de jaculatórias e alguns círios. Não podia considerá-los, leitores, nem apostólicos romanos. Porque tudo é um ato de vontade, e ao não se distinguir entre homem e rato, como convencer-se de sua túrgida piedade, ou se é cristã a alma, pronta aos sacramentos, ou ao cilício penitencial dos símbolos?

Ou talvez entrem de vez na religião, com os credos onerosos da paciência. E assim soube do susto que o vigário de uma igreja despegou dos atônitos olhos, ao ver um gabiru pular de seu missal.

E nem as ratoeiras ou estratagemas eclesiais lograram capturá-los.

Foi-me dito — e não tenho por que duvidar de minha fonte — que ratos-homens rasgaram trajes clericais e emblemas hieráticos.

Em face dos acontecimentos, talvez nos sirva, leitores, pois a mim tem servido, esta teoria, que tratadistas esqueceram, mas que nos faz refletir ou deplorar. E por esta condição humana que habitamos resolvi chamar, na falta de outro nome mais adequado — teoria ou dogmas funcionais da fome:

1. Não tem pátria;
2. É insensata sempre;
3. Espera a vez na moita;
4. Jamais é fiel ou grata;
5. Não dança, quando esmaga;
6. Aos desafetos cava;
7. Nada quer emprestado;
8. É desigual na fama;
9. Morde, morde até a sombra;
10. É o ouvido da boca.

Não discuto. Vejo, acompanho os acontecimentos, declaro o coletivo pavor.

"A resistência, ao rechaçar uma opinião, não é argumento a favor de sua verdade" — diz Berkeley. E quanto mais rechaço, mais pode vir a ser em mim tangível. Como o soldado alvejado na seteira. Não importa. A fome é irrevogável e não disfarço, nem a meu cão Tabor, o que podemos compreender com os vocábulos-cordeiros e, às vezes, leões.

"Os gabirus são uma forma de terror", pensei.
 Assombro dorme, enquanto escrevo, e se vira na cama. Dorme e eu sonho de olhos fundos e acabados. O texto é o espelho. Não tenho mais futuro, nem presente, passado. Estou nele.

No foro do povoado, Loss, o proprietário dos lotes esbulhados, propôs uma ação possessória contra os invasores. O que também não é sem antecedentes. No século XVI, foi instaurado um processo contra os ratos, onde funcionou o célebre jurista Bartolomeu Chassenée, advogado na corte do Rei Francisco I.
 Mas como condená-los? A fome é algoz de si mesma.

O Conselho Municipal foi convocado para arrostar essa calamidade. Ainda mais que o saque se estendia pela incauta vizinhança. E não se acreditava no processo de Loss, nem na justiça surda, cega e louca. Ou na polícia, com sua Delegacia, às vezes devassada pelos ratos, roendo indagações e provas.

"Não podemos tolerar que a sombra possa dar origem à luz" — anotou Roberto Juarroz. Nem eu tolero o que gerou os gabirus. Nem sustento a teologia da fome. Nem a da invasão, embora a posse seja locatária da fome.
 Veio a lume um artigo no jornal *A Ordem*, de um pacifista, Orlando. Observava que não cabia distinguir se os gabirus eram ratos, ou se eram homens. Isso aumentava a pungência, sem resolvê-la. E não tinha outro pacto, o que era resolúvel no amor. Devíamos combater juntos a fome e o que a engendrava. E relembrou a ode do poeta escocês Robert Burns, que se apiedou de

um ninho de ratos que destruíra com o arado. Alegando que a poesia tinha o poder de reduzir a impiedade dos homens.

As opiniões da comunidade estavam cindidas no fio de uma espada, a paixão. Os religiosos pretendiam catequizar os gabirus. Houve um clérigo, Pe. Ronildo, que inventou algumas regras, norteando essa ciência salvadora, onde pairava um estranho diálogo entre mudos.

Os pedagogos, chefiados por Parmênides e seu ex-aluno, agora mestre-escola, Dimedes, sustentavam a necessidade humanista de reeducá-los.

Vereadores sectários, dois deles separatistas, defendiam o morticínio dos gabirus, com a exposição da carne nos açougues, como porcos e ovelhas. Alegavam que assim como certos países comerciam a carne dos cavalos, esses gabirus não passavam de pequenos javalis (diziam, talvez, à sua "boa" consciência). Para eles, os que feriam o corpo social teriam o seu próprio corpo lesionado. A violência e o terror deviam ser confrontados com violência e terror. Como imagens saídas de um espelho, de imediato e mortal reflexo.

Entre todos, um e outro, raros, propugnavam a favor da invasão gabiruana, aludindo à opressão do sistema e à falta de oportunidade aos mais pobres, frutos de uma insensível burguesia. E ainda — cumpre ressaltar — um irrelevante grupo de monárquicos afirmavam ser esse fenômeno social apenas conseqüência do regime desequilibrado entre os poderes, sem a consciência unitária capaz de plasmar os interesses estatais, dinásticos e populares.

Porém, a revelação solucionadora estava com a palavra do pacifista Orlando: os gabirus são seres humanos. Devemos ajudá-los a superar os ratos que estão neles. Se os acostumarmos a existir como gente, ou ensinarmos a eles o método de melhor alimentar-se, com a límpida palavra que designa as novas coisas, ultrapassarão a condição gabiruana. E expulsando os ratos do homem, expulsaremos a peste. E a má consciência, outra espécie de julgamento sem juiz. Ninguém pode conhecer a morte, sem morrer. Correta é a defesa de Orlando, que num transe de erudição citou o Marquês de Vauvernarges: "É impossível ser justo sem ser humano." Pois o que a humanidade percebe da justiça?

"As controvérsias na comunidade são um problema de olhos." E Bernard Shaw se gabava de seus olhos, por serem totalmente normais, porquanto é reduzido o número de pessoas que detenham a vista perfeita. E se não tivermos os olhos normais de Shaw, que possamos ter a inteligência de reconhecê-lo. Ou admitir que os olhos são preconceituosos, parciais. Ou por demais peremptórios, com a visão oblíqua do real. "A cultura, sendo diálogo, não tem donos ou proprietários."

Essas anotações integram o novo artigo de Orlando, no periódico *A Ordem*, após debates a respeito do destino dos homens gabirus.

Orlando teve sólida formação literária e não aceitava, onde estivesse, a maleva raiz do preconceito ou incompreensão humana. Seus olhos vivos contrastavam com a face pálida, às vezes macilenta, de quem se alimenta pouco, sem horário, sem sombra o indício da violência que a carne dos animais abrigava. Vegetariano inveterado, portanto. Mas a vida, infelizmente, não tomava conhecimento disso. E era violenta, furtiva, áspera.

Depois da Reunião do Conselho Municipal de Assombro, composto de dez cidadãos eleitos para as questões de gravidade, com o Prefeito Euzébio como presidente nato, por sugestão minha, resolveram formar uma comissão de seis integrantes, dirigida por Novalis. Foram conversar com os gabirus. Ou descobrir em que medida os homens eram ratos e estes, homens. Porque, se for descoberta alguma centelha do homem neles, há ninhos de esperança.

E a palavra pode educar homens e símbolos, mesmo os sonhos. Tudo dependia da alma. Ela desprende o homem.

Que roda girava, girava pela alma, igual a um branco moinho?

Novalis e os outros integrantes traçaram o círculo, e foi quando a palavra ricocheteou e atingiu os gabirus, que vinham rastejando, aos magotes, alguns guinchando, outros em gritos, uivos, agachados.

Novalis então foi amoitando a palavra e alumiou. E os ratos nos homens gabirus fugiam, iam espavoridos. O humano neles já tramava um rosto. Como se possessos fossem, ou embriagados, brutos.

— A arte de viver — falou Novalis — não substitui a fome.

E Larvo, generoso, que se alteava na estatura, entre todos, entendeu:

— Vou buscar comida.

E outros o acompanharam: Lóis e Deonísio, um curvo e amorenado e outro de barba preta, com focos grisalhos.

— É preciso algumas sacolas de pão, cereais, leite, milho, arroz. Nós buscaremos no mercado. — E foram.

Enquanto isso, Novalis falava, falava e era o sonho que tivera, dias antes. E os gabirus o cercavam como bichos, depois sussurravam: enfermos de onde, assustada, escapava a morte.

Vieram os alimentos e eles comiam a fome para dentro, a fome, a fome. Ela não era humana.

A Comissão, com o pastor de versos Novalis e eu, sabia que necessária era a arte de povoar a fome. E tínhamos que riscar fósforos na mente de cada um deles, com a palavra. Magicamente reiterada. E mostrar o amor oculto no clarão.

— O amor acende os pirilampos — ele falou. Ouvi, ouvirei sempre. Ia acender o fio da paz.

Foi ao recordar-lhes, com as mãos, figuras, signos, símbolos, que os gabirus selaram sua fiança em nós.

Alfabetizar a fome era treinar falcões — do ombro ao cume do monte mais remoto.

Novalis via:

— A inteligência é brasa e repercute. — Seus olhos esfuziavam.

— Acende o fósforo a razão, e ser humano é labareda — nos repetia.

— Nós também, ao ensinarmos, juntos aprendemos — murmurei, cioso. — Ensinar é ir entrevivendo.

E numa escola, às vezes, Orlando, o pacifista, ou Novalis, ou eu-escriba resmungávamos flores nas palavras, e eles, os gabirus, iam florindo dentro. E nos deparávamos, aos poucos, com seres, como nós, em círculo, de olhos incendiados.

O Prefeito Euzébio e o Conselho Municipal deliberaram conceder aos gabirus terrenos para plantar e subsistir, situados numa das pernas da colina, longe do defunto rio Lázaro, coberto de grama e aluvião.

O povo de Assombro e os membros da Comissão, como Novalis, Orlando, Larvo, Deonísio, Lóis e eu, os ajudamos a arar a terra, sulcando o espaço, e eles se refaziam nas sementes e cresciam com os pés de trigo e de feijão. Como os marmelos, ao contacto com o sol.

— O sol é uma abelheira — disse-me, uma vez, Novalis.

E eu vi que o tempo, quando a linguagem o cerzia, deixava de trabalhar. E ia ficando frágil, disforme.

— Uma mulher — falou-me, taciturno, o suave pastor de versos.

Mas o povo tem a impensada capacidade para restaurar-se.

— E toda a vida — observei. — Civilizar a fome é civilizar a dor.

Não basta ser um homem. Há que vencer os mortos. Os vivos que já estão mortos. Ou nascem do pesadelo.

"Os pesadelos não têm popularidade entre os sonhadores, mas somente entre os homens de letras, que pedem que lhes sejam contados por aqueles que não sabem escrever; os pintores também amam os pesadelos" — registrou Giorgio Manganelli. Mas os pesadelos é que nos buscam, querem convulsionar os círculos de água que habitam os sonhos.

Os pesadelos não admitem contradição, porém não se vive sem ela. E se nos deixam, cabisbaixos, com a exasperação das noites, quando a linguagem os conforma, tornam-se humanos. Iguais aos gabirus. Seriam humanos os ratos, ou a deformação dos sonhos pode, bruscamente, transformar-se na deformação dos homens?

Relato as excrescências da fortuna e não reduzo nada a nada. Há os que crêem nos espelhos e sabem como os sonhos criam outros e outros. Até o desespero da luz.

"Tudo como serpentes deve no fundo penetrar" — eu citava Hölderlin, que estava sempre no futuro. Repousávamos nele, ao penetrar o sonho iguais às serpentes de outros sonhos, as peles de vocábulos mudando. E nós, vocábulos, penetrando a casca das idades. E eu era só um homem que ia relatando.

Os gabirus tomaram a cidadania da palavra, civilizando a alma. E tais eventos repercutiram, a ponto de os habitantes do povoado, epidermicamente, mudarem até a cor dos olhos.

Antes, rostos se confundiam, agora se definem sem a dobra da morte. E os olhos dúbios, por fixarem a palavra com sol e trigo, estavam claros, claros. E o sol azul olhava para eles. O tempo era um vulto que retrocedia, aos poucos. Vai enferrujar com o fervor e o sal dos vivos.

E sei que as civilizações se alegram ou se aborrecem entre o ranger das marés e as pás dos moinhos.

"Os poetas cantam coisas admiráveis, mas não para crer" — relembrava Tormes, um rábula, cuja prática de causas falenciais o levara à fama. Porém, Novalis e outros contavam o que ouviam e viam a palavra fazer. O miraculoso não é a sua existência solitária. Mas a palavra junto a frutos, atos, objetos, apetências, árvores.

E o povo aprende logo as caras do poente e da colina. Ou a usar trator, agarrar o boi nos cornos da palavra, conhecer suas forças, fôlegos, estrumar a produção, pôr focinheira em fomes. O povo aprende logo o trovão dos números, desenhos. E o coice das estações.

Sou condescendente com o futuro. E aos carentes de imaginação este relato é inútil. E quem o publicar há de perceber quanto a letra impressa alarga os símbolos. Os sonhos não pertencem a quem os suportou, no momento em que engendram suas próprias imaginações.

E o povo puxa a água, puxa o sonho, ensina o mar.

QUINTO

Ofício dos milagres

VII

Novalis e o exercício mágico: a permuta. Leão da Praia. Jurandir. Lucas. Ruan. Morte de Parmênides com dois alunos. Falecimento de Clárido. O edificador de pontes, Mateus.

A vida tornava novas todas as coisas. E o povo tinha a arte dos milagres e a de imaginar, tão semelhante a eles. Conhece mais que os sábios a matéria de suportar cada dia. E Novalis, de olhos calmos e doces, pascendo cabras e ovelhas na colina, espalhava cartazes com seus poemas.

Esses cartazes eram trocados por frutos e pães e copiados por outros em papel-jornal. E os versos se propagaram como favos de letras e de signos. E iam levando os que os liam — no verbo dos sentidos — a vestir os versos como roupas, a dormir com eles no emprego, sob a lua entre os amantes. E a imaginação avultava no povo como lâmpada mais prodigiosa que a de Aladim — o antigo vagabundo perdido entre uma rua e outra, ouvindo o rumor gotejante das estrelas.

O pastor Novalis vendia como queijo de cabras seus versos na feira de Assombro, entre tendas de cereais, legumes, melancias, maçãs, fiambres, carnes: "Tornar-se humano é arte"; "a vida não é um sonho mas pode chegar a ser um sonho"; "o universo, precipitação da humana natureza"; "o peso é um laço que impede a fuga para o céu".

Novalis, depois de permutar com alguns feirantes queijos de versos por maçãs, de que gostava, e algumas melancias, ia de volta ao sopé da colina, onde se aninhara o redil dos animais. Tocava com sua flauta canções e poemas, em surdina. Ele era loiro, belo, as sobrancelhas arqueadas, porte nobre e o fascinante sorriso. Algum elo se arrimava entre ele e os prados, nuvens, o arco-íris.

E quando algum acontecimento avançava para ele — aniversário, amor, ou festa —, Novalis com cajado no chão traçava o círculo. E era a sua alegria designada.

Quando estou com minha gente, estou com o mundo.

O Leão da Praia apareceu para consertar o fogão. Duas bocas não acendiam. Troncudo, baixo, barriga saliente e olhos bem miúdos, quase míopes.

— Esqueci as ferramentas — disse. — Venho depois. Vendia coco ou sorvete pelas ruas e na praia, bradando alto. E o que cativava nele era o cuidoso empenho com a menina e o menino, seus filhos. A mulher o abandonou e ele foi ensinando a sina pelos palmos. Ensinou. Como o vento descalço vai adiante do arado. E tinha, nas grossas e parvas mãos, mudanças que a palavra ia dando. E veio. Fez as bocas apagadas falarem pelo fogo. Ele sorria, o fogo não.

— É tão sisudo, o fogo — me dizia. — Oculta a ternura e ardência do coração.

E sorria, descobrindo que era aprendiz o mundo. Como ele.

Jurandir, eletricista, encanador de água. Morava num dos joelhos da colina. Não agüentava arquear as costas, por uma operação sofrida na coluna. Perito era. Sólido, musculoso, cara quadrada e lisa, olhos brandos.

Quando puseram grades nas janelas de minha biblioteca e furaram um cano da parede e a água borrifava, zangada, eu o chamei. Foi rápido. Segurou a água, o temor.
Jurandir vai aumentando a sua casa, em círculo. Numa peça, tem pedaços de rádios, tevês, canos que ele conserta ou remenda com sua solda. Não sei como. O mistério coabita os pesadelos; a perícia é dos sonhos. E a comunidade se faz mais visível ao toque de suas mãos.

Os cientistas não conseguem desvendar o universo no seu início. A ciência é cega para o que a palavra percebe. Por ser ela de muito, muito antes. Como somos cegos ante o tempo que volta a trabalhar num só relance e basta. E faleceu Clárido. Era um meio-dia de sol, quando todas as suas palavras terminaram. De uma enfermidade inexplicável.

E contam que, ao enterrarem um homem na mesma terra onde Clárido jazia (não se sabe onde, e até o próprio beneficiado esqueceu), ao contacto com os seus ungidos ossos, o que estava morto ressurgiu.

Por que devo eu relatar os que se foram? Parmênides, ávido de aventura, com dois discípulos mais animosos, planejou velejar sua antiga barca pelo mar, além da colina, em visita à ilha Escalvada. E assim fez, em noite de tempestade, contra todos os conselhos.

Os três buscavam, ansiosos, desentranhar de um dos rochedos da ilha, no alto, uma orquídea casta e rara. E foi ela que lhes nasceu morte adentro.

Ao saber da desdita de Parmênides, lembrei-me de outro igual, no velho ofício de barqueiro, Palinuro. E destes versos de Virgílio: "Confiaste excessivamente no céu e no mar, por isso, insepulto, jazes, em desconhecida plaga."

Os cientistas não conseguem descrever o universo no seu início. E o começo do tempo?
Não, não sei se estou no tempo certo, ou se vim muito antes. Ou se depois de mim: então o que fui me alcançará. Ou se correremos juntos. Não existe epiderme no mistério. Só o fundo calado de navio. E eu pressentia quanto a bússola agonizava e a âncora era dócil. Ou como as gáveas não são seguras ou confiáveis. E, à feição dos navios, buscamos o território justo de aportar.
Assombro me olhava com detença. Talvez pelo meu ar estranho. Ando nos extremos. O que aparenta ser paixão, depois é logro. E o que parece logro é verdade, que vai sendo, aos poucos, madurada.
Assombro, sem que dissesse nada, me entendeu.

Sou condescendente com os meus vivos. Porque "os mortos enterram os mortos" e não nos cabe molestá-los.
Entre aqueles, está Lucas, e entre esses, muitos que passam por nós, rastejam, ou vegetam, ou mesmo airosamente caminham e só eles não sabem que morreram.
Lucas é coletor de imagens e de impostos. As imagens, ele as recolhia da experiência, guardando-as num livro para o mundo. E os impostos: os cobrava no expediente vesperal da Prefeitura. Com as severas guias e o carimbo dos símbolos.
Era tamanha a vigília, que as imagens o procuravam durante o sonho, e, ao acordar, continuavam. Sim, ele as carregava, deixando intacto nelas o mais puro sentido. Às vezes, no bolso, junto ao lenço. Outras vezes, como grilos em caixas com furo lateral para respirarem. Outras ainda, na gaiola com alguns pássaros, sobretudo os de plumagens várias. Azuis, verdes, bizarros.
A imaginação, para ele, era o transporte de imagens pelo rio do esquecimento. Com a barcaça da alma.

Lucas, antes de as levar, almava as imagens e elas eram insufladas de glória, nume, especiarias. Depois regressava à anônima aljava de impostos. Sob o arco municipal das tardes.

Lucas e Novalis se conheceram numa feira. Como se uma cicatriz, perto do coração, os identificasse. E uma palavra. No círculo, com seus nomes. Foi quando Novalis, o pastor, tornou-se mais leve que a brisa e foi repentinamente erguido e levado como ave. O peso, que era um laço que impedia a fuga ao céu, fora cortado.

A palavra soprara a luz. E o céu estava solto. Soltos eram os sonhos que as imagens ruflavam.

Lucas mantinha a correspondência de certas imagens secretas. E havia uma palavra, mais secreta ainda, que Novalis escondera junto ao círculo. E agora era só dele e do universo.

Pensarão os leitores que invento o que tenho vivido. Apenas estou vivendo o que invento.

Certa vez, quando Assombro passeava na colina, um cordeirinho se aconchegou a ela, entre as ervas. Como se o sol em pétalas caísse. Trouxe-o, junto a si.

E foi Novalis que surpreendeu o comovido instante e o contou para Lucas. E Lucas me contou, com a frase que Novalis disse, então: "Precisamos do verso junto ao peito, como este cordeirinho."

Nós contamos as coisas, para que elas não parem de contar em nós. E se transformem.

Assim contamos histórias, em que estarão de acordo vocábulos, fábulas. E grãos que vão sendo plantados, de seara em seara.

A fala não é mortalha, mas candeia que se vai aquecendo em gerações. O relógio da chuva não é o da andorinha. Ao soarem, no entanto, serão o mesmo relógio de um poema, ou da história ao peso levíssimo do pólen.

Ruan, o adivinho. Não se ligava a nada e ia na feira auscultar as sortes. Numa telepatia, via a alma. E alma é tartaruga que entra na casca, ao ser olhada. Entra na alma, a alma.
Bulir com a criação tem sua pena. E com a dor, fuligens.
Ruan obtinha lucro, desvendando cavidades de culpa, maldições. Com o espírito de adivinhação, ao passar por Lucas, assim falou:
— Este homem é filho da palavra!
Lucas, fitando os olhos nele, determinou:
— Filho do engano, ficarás cego!
E cego ele ficou. Podendo ver somente a escuridão, em curva, de sua alma. Atravessada.

Falei em Lucas. Era aristocrático, com fleuma nos gestos (embora acobertasse um vulcão sob a pele). Pequeno, um pouco gordo, metódico (no entanto, às vezes misturava o cálculo de impostos com o fermentar de imagens), amava as similitudes entre as coisas. E, por analogia, uma nova imagem relinchava na porteira das suas velozes imaginações.
— O que existe não deixa de crescer e voar — falou-me.
— Nem sempre. O que cresce, também morre — respondi.
Mais tarde, quando Lucas desapareceu — contam que foi, como Elias, elevado no carro de fogo das imagens, sumindo pelo vão do firmamento —, eu visitei a água-furtada onde vivia. E ali encontrei, presas num pote de barro, algumas imagens, ainda vivas. E as libertei, mesclando-se à umidade e o ar.
Lucas gravara num papel, com o desenho de sua letra irregular, um círculo e os dizeres: "O que começa é o que termina."

Ao me deparar com o comentário de Orlando, o pacifista, "A revolução pela poesia", no exemplar de *A Ordem*, referindo a ousadia de Mateus, o construtor de pontes, escriba que sou, interessei-me.

Era consagrador. Orlando dizia ter ele inventado o método de construir pontes com poemas. "E os vocábulos espicham o pescoço de um para o outro e se entreligam e amoldam os pés e braços, compondo o arco do poema" — justificava. "Pois Mateus tem a faculdade silenciosa de convencer as imagens, soldando semelhanças e oposições, por onde tranqüilos caminharemos na unidade. Cada coisa é palavra e cada palavra é coisa."

A oficina de Mateus ficava em rua adjacente à minha. Observei-o. Tinha o perfil aquilino, olhos de maresia, e era magro. Pontuando a fala:

— O material de minhas pontes é a palavra. Não existe melhor — frisou.

— E qual é a duração das pontes? — inquiri, curioso.

— A palavra resiste, enquanto suportar a palavra — respondeu.

— Sim, resiste. E as pontes são suportes de relâmpagos que as mãos seguram na palavra — aludi a um parágrafo do artigo de Orlando. Mateus assentiu, humilde, com a cabeça.

— Os poemas são pontes de metáforas, e as pontes, poemas que atravessam o lento rio dos homens — reafirmou.

— Quando os poemas forem pontes de um a outro e outro, o povo civilizará a esperança — eu disse, com certo ar profético.

— Onde há uma ponte maior que a do povo? — indagou Mateus, cogitando. Assim como fazia pontes, a palavra era capaz de gerar um trator, cavar o campo, destroncar árvores ou edificar navios no estaleiro dos sonhos. A palavra diz, e o sonho é um tempo como o bicho é um bicho. A mão do povo na palavra é produção e arado. Sopro novo. E não há sonhos que possam parar a palavra manhã. Foi quando vi a palavra trabalhar a imaginação, e esta, a palavra, como uma nora a puxar água. Ou a água a rodar no moinho e ir triturando o grão.

E os celeiros de vocábulos se armazenam de cereais. E o adubo é útil sob a terra preta que vai vertendo a mágica das flores, frutos, estações. E a palavra comprime as tetas das vacas sob o estábulo. E faz o estábulo tremer sob as botas do vento. E o vento da palavra une os corpos e as afiadas foices. E os rebanhos engordam, os cata-ventos e as crianças giram. E o povo puxa o povo puxa a tarde puxa o estrondo do sol ou a tempestade. E é eterna a palavra.

Mas a luta é de um a outro e outro. Gente a gente, do ombro às mãos. As palavras são fachos, feixes, peixes que pululam no regato da força e na represa do povo. E a língua não é dos pássaros. A palavra é dos homens.

VIII

De como o circo e seus artistas marcaram Assombro. Pizarro. Desidério. Os equilibristas, entre eles, Léa. Borondo. Aremita. Contorcionistas e ilusionistas. O baú trancado.

Em junho de cada ano, o circo chegava a Assombro, numa demonstração de fanfarras, com o elefante na frente, atrás os outros artistas em cavalos e o carro enorme, de altas rodas, carregando a barraca e equipamentos.

Vinha o leão na jaula, o domador Pizarro, Desidério, engolidor de espadas, e os equilibristas Geórgio, Álbio, Léa, jovens, robustos, e a mulher bem torneada, como se fora esculpida no cinzel, por Rodin. E de súbito eram ágeis, lépidos. No cortejo, seguiam contorcionistas, ilusionistas, de roupas vistosas, e Borondo, o palhaço. Salientava-se por uma verruga no pescoço. Ria para fora e dentro.

O circo teve a sua primeira sessão marcada para a noite do dia seguinte. O povo regurgitava. Pois o circo nomeia o nome ignoto da infância, em cena. Bastava cercar com a mão e o círculo se afagava na barraca. E a lona se armava com a rosácea de cordas ao cimo. Uma estrela-d'alva de olhos.

No outro dia, o circo estava com a platéia cheia, intensa, entusiasmada. Após os tambores e o anúncio dos espetáculos, Pizarro chicoteou o leão dentro da jaula e ele obedecia, reverente. O animal tinha os olhos no chicote, magneticamente, como um lingote de ferro diante do ímã. Obedecia, pulava sobre os bancos no estalar do relho da noite. O leão era um pardal gigante sobre as patas.

Depois foi o instante dos equilibristas. Cumpriram o ritual de saltar pelos trapézios. Léa, de espertos pés, ruflava. E os aplausos vibravam como larvas de borboleta. Voavam.

— Somos trapezistas — falei. E Assombro desentendeu. O circo maravilhara-me na adolescência. Não pela doma do leão com chicote, nem pelo espetáculo dos cavalos domesticados no picadeiro. Mas pelo revôo dos saltimbancos. E essa imagem circunflexa me perseguia. Voavam.

— Somos trapezistas — repeti. — O tempo também.

O circo mantém a forma de círculo. E, ao descrevê-lo, estou designando objetos, seres. Ou é o cerco que nos congrega.

Borondo, o palhaço, com máscara e o narigão vermelho. Traçava volteios no picadeiro, caía, levantava. A verruga no pescoço crescia como uma margarida. E as piadas, histórias se repetiam, seixos coloridos rolando. Só as crianças e os velhos tornavam, rindo, para a civilização da infância. Os demais, que não a encontravam, continham o choro, em convulso efeito. E descobriam que o riso da infância não pode ser debulhado, como as vagens, pelos sonhos. Quando esses, chuvosos, atravessam penúrias, estações e não se acabam.

Depois o engolidor de espadas, Desidério, se apresentou, solene. E se pôs a engoli-las, sem dano, sob a estupefação geral. E eis que uma das espadas cortou a alma. E lhe veio pela boca. Era de beleza flamejante. E os dias do circo se entrecruzavam, cestos. E a alma de Desidério vinha à borda. Tal uma boca aberta de brancas aves.

Havia cura para a dor de alma? Essa ferida exposta, que era o tempo, com aroma embriagante, de espetáculo em espetáculo, seguiria? Costumava ser, em Desidério, fonte de gaivotas? Léa, pernalta ave dos trapézios, foi atraída a ele, como o vento arrasta as folhas. O amor que move os astros move as almas. E foi com esse amor, que a alma dele, aos poucos, se foi indo para dentro, no casulo: bicho-da-seda. E não se lhe arrancou — quem poderia? — o ofício de engolir espadas. Só que nunca mais feriu a alma. Agora férrea, dura: um diamante.

Outro evento se precipitou no circo, durante o mês de estada no povoado. Como se ali houvesse o magnetismo capaz de transferir ou demudar condutas e pessoas. Sob o testemunho de nomear com a palavra os símbolos-amêndoas. Ou pela leveza do povo com a permuta, sem a moeda que Clárido apelidava de escuridão. Não era preciso mais fraudar, dissimular, ensaiar prebendas ou usar dúbios e obscuros vocábulos. A compreensão não era só, nem órfã.

Alguns idôneos cidadãos, com os olhos que a terra não deixaria de comer, viram um fato novo. Borondo, o palhaço, em súbita queda, batendo a nuca e o pescoço contra o solo bilioso, sentiu dor, e na verruga apareceu um miosótis. Como se o solo, em que tocou, tivesse florescido seu pescoço.

A partir daí, no picadeiro, Borondo não mais se tornou alvo de risadas. O miosótis era espelho refletindo a verdade cúmplice ou sinuosa de cada um dos expectantes. Era a verdade, era o espaço não só para lembrar. Mas de ir calando. E a verdade parecia desumana. Como laje, compacta.

O palhaço Borondo, pouco depois, por ser aborrecido, na verdade intolerável, com o miosótis alcançando os cabelos castanhos e a cabeça, armou uma tenda na colina. Até ficar toda a cabeça em flor. E ser a semente, em círculo jogada sobre o mar.

Aremita, o comedor de fogo, partilhava do circo, desde criança. Crescera sob a lona. Mas em Assombro, ao digerir as chamas, o coração dos presentes se abrasava. Com sentimentos de fraternidade, amor, loucura. E se o fogo avivava, o amor era curado do fermento demencial.

E se o espírito entortasse como um ferro, então o fogo não bastava. Eram precisos a bigorna, o martelo e o fole.

Aremita, contudo, foi tão fiel ao fogo, que um dia viu-se por ele consumido na tonta labareda do Oceano.

Como pode o circo subsistir sem os contorcionistas? Duas mulheres num círculo movente, vestidas com alvos trajes mongóis, formam com os corpos pirâmide, quarteto, hélice, círculo sobre outro círculo rodando.

As pessoas, os pés, os troncos, as cabeças se quebram como juncos esticados, sob a concentração, o equilíbrio e a força. *Eppur si muove!* Depois os truques. E os ilusionistas assumem o espetáculo. Alexandra, a menina filha do proprietário do circo, entra num vermelho baú trancado. Quando é aberto, ela desaparece. E como não há truque sem trapaça, Alexandra ressurge na ruidosa platéia.

O baú é examinado por alguém do público. Certifica-se a respeito da existência de um fundo. Aparentemente inexiste. É enlaçada uma corda no baú, com larga capa azul. E Diana levanta a capa. Num relance, surge Pepe, o corpulento ilusionista.

E noutro, de dentro do baú, reaparece Diana, sua mulher, como se viesse das entranhas da terra.
São novas todas as coisas.

IX

De como conheci Mateus, o construtor. Provérbios. Dedução da angústia do tempo, ao tornar-se previsível. Sonhei que era um pássaro. Rogério e Albertino. O legado de Novalis e o amor de Aura.

Faltou luz naquela noite. Acendemos o lampião. Na cozinha, o arroz e o frango com ervilhas sobre a mesa. Assombro observava o meu apetite. Ela mastigava devagar, e eu, rápido. Garoto, minha mãe aconselhava, "come degustando, come sem pressa. É preciso ter o espaço de quem cheira madressilvas." E era como se a velocidade fosse premonição futura. Eu queria, desde então, digerir a vida, ciente de que um dia seria por ela digerido.

Assombro retirou da geladeira a salada de alfaces e tomates que esquecera. Temperei e fui deixando a boca pastorear a alma.

— O frango está mais gostoso agora do que no almoço — me disse. O paladar aprovava.

Longe dos calendários, o tempo era "hoje um pouco e amanhã mais e depois sempre" para Assombro.

— Depois sempre?
— O que será não se perde — falou.
— A vida é sábia.
— Não. Curiosa de saber.
— A noite reluz como moeda calada.
— Nem tudo o que reluz é ouro.
— Ela tem o tamanho das estrelas.

Foi quando Assombro me levou para o pátio. Tabor nos acercou, e as suas patas trêmulas floriam. E todas as coisas eram o céu, e o céu, todas as coisas.

Orlando soube de meu entusiasmo sobre Mateus, o construtor de pontes. Talvez através de Pórfio, com quem comentei.
— Gostaste de meu artigo sobre Mateus? — Olhou-me, indagador.
— Sim. Creio na poesia.
— E ela tem alma própria.
— Como a palavra.
— A revolução — me disse — é quando o povo acender as palavras nos poemas. E construir a vida, mão a mão.
— É a poesia na prática. Transforma.
— Porque amor é o que o povo agarra em alma — insistiu.
— Com amor até as palavras são ditosas.
— Quando elas dizem, as coisas passam a existir.
— E o mal recua.
E recuava. Também o tempo.

Juntei provérbios e deduzi que o tempo fica desesperado, quando se torna previsível. E eu não podia ver as causas, pelo efeito.
Eis alguns, que se foram inventando:
"Quem não sabe de avô, não sabe de bom."
"O que esquece os antigos, ignora os vivos."
"Sábio não se é pelo ouvido, mas pelo som."
"Quem nas palavras desceu, colhe moedas com o chapéu."

Como uma parcela dos moradores de Assombro era idosa, alguns se mostravam excêntricos, outros aluados, povoando mais a lembrança que o presente. Era o esquecimento a investir como lanosa sombra naquelas mentes. E se iam embaçando, transfigurando. Os olhos já não liam perto, e nomes, datas se desvaneciam. E a indolência se alargara como indumentária. A volúpia era substituída pela contrariedade, as perturbações pelo acaso. Quando os velhos descobrem as palavras com sua longeva fonte, a juventude, recomeçam a reverdecer a imaginação. E esta reverdece a outra fonte, a dos sonhos. E não há mais sonhos que aportem tão ditosos pelo casco da alma.

Rogério dormia e despertava entre números. E se engolfava neles. Às vezes guardavam teias de aranha nos recessos de uma subtração à outra. A matemática preservava um pacto com a exatidão. E não sabia. Era exata a morte. E a facada do assaltante que tentara furtar, de seu cofre sem dinheiro, moedas de uma antiga coleção. Possuía uma tábua de números. E a noite enigmática nos ossos. A herança: um sete. Seu filho não sabia o que fazer dela. E era a perfeição. E ele continuava a não saber o que fazer da perfeição. Talvez fora sozinha e envergonhada. Pôs o sete num cesto e principiou a vender a esperança, que era inesgotável.

Albertino, negociante. Não lograva trancar os olhos. O dia lhe entrava para dentro — sem sacada, ou janela. Os olhos inflavam, como se um pesadelo os atrofiasse.

Negociava com linho, algodão e a difícil casimira inglesa. Os olhos negociavam mais que a boca. De tanto deslizarem. E a permuta consolidava fazendas por sapatos, casacos, batatas, couves, espinafres. Contam que nem o tempo pôde acrescentar-lhe os cílios tão pesados que o empurraram ao fundo de sua cova. Era um sonho sem término ou começo. Não chegou a ser homem.

Esférico é o lume da razão. E o amor é uma razão que se enternece. Aos nove anos, perguntei ao meu pai o que era o amor, se, ao falar sobre ele, tinha os olhos raiando.

— É coisa séria — me disse. — Mas não vem cedo.

Não me interessava se vinha cedo ou tarde:
— É um encantamento, pai?
Seus olhos continuavam raiando. Como se fechassem, numa pequena caixa, uma pedra jaspe.

E os nove anos talvez amedrontassem, pela inocência, o meu pai. E num baú de vime, que me foi entregue pelos companheiros de Novalis, o pastor de versos, vi que o mágico era o ignoto, não o baú lacrado. Abri, meticuloso. Era um arquétipo, uma série de formas infinitas, objeto nuclear da noite?

Novalis, após congregar-se às nuvens, e ao seu povo, deixava um legado de cartas, dele e da amada, Aura, viçosa, esbelta, com tranças ruivantes aos ombros. Amanhava a terra com os seus três irmãos. E aprendeu, com Novalis, que a poesia não esgota os sonhos. O amor, sim, esgota o esquecimento.

Entre as cartas, o livro de Simbad, o Marujo. As palavras nas cartas orvalhavam, como se contivessem cereais.

"O que não se aprende com o amor" — diz uma das cartas de Novalis — "aprende-se do mar, da lua e do fogo." Noutra, ele refere que "dois álamos eram iguais a dois versos". Ou assegura que "ninguém pega uma ovelha como uma guitarra. Porque ela tem lã, pernas, muitos olhos".

E Aura escreveu para ele que "era preciso amassar o amor entre as mãos, como se faz o pão. Ou se regam as azeitonas e os pés das uvas". Também, com sua letra redonda e fêmea: "Nosso amor é árvore que fala." E ele confessou-lhe: "Quando te vejo, resplandeço."

Novalis a ajudou. Arrumou um caderno, e entre as cabras açulava os vocábulos, e alguns escapuliam pela encosta, outros se ajeitavam como cascas de arroz ou caracóis no avental de Aura, sobre o colo.

"Não, o amor é um cavalo solto chuva adentro." Era Novalis todo. E eu entesourava no baú, com o ar, as descobertas.

Sexto

Faus ou a roda do limite

X

De como Oriondo falava com o Oceano e com os peixes, e estes com ele. Faus e a seita dos silenciários. O arco-íris ou a roda do limite.

A loucura é a sensatez do tempo. E o tempo, o sonho do que vive. Oriondo, pescador, tinha a palavra como rede, e sua loucura era conversar com os peixes. Não seria a loucura a única forma de relacionamento com o universo? E poesia em movimento, a história da rede com as anfíbias palavras?

Como se entrasse num osso de orvalho, Oriondo entrou na barca redonda, em arca.

E o Oceano era também vivente e as asas do céu, os remos da barca. E os viventes-peixes estremeciam ao rumor desta caixa de cordas entretecidas. Vibrando.

Oriondo era Noé? Fusível solto, sua cabeça, também vivente no repuxo? Ou a loucura, o fusível e a razão eram a rédea da barca, que enlaçava com mãos raciocinantes.

Os cavalos de limo resfolgam, rincham, e as águas se multiplicam e o Oceano mete para fora a fronte para falar com Oriondo:

— A tempestade em alma se arma, e vens?

— Quero pescar no anzol o abismo — disse. — E os viventes peixes com suas almas verdes.

E as águas se avolumam e a barca sobe como tronco levantado pelo braço do Oceano. Sobe.

Oriondo tem nas mãos as palavras-seres, animais, aves, répteis e os sinais da noite. E a montanha submersa se abre ao mar como boca de um peixe fisgando a lua. E é quando os peixes cochicham entre si e o Oceano se abaixa para ele, como mula ao muleiro.

Muitas vezes sua rede se encantava e ele ia falando e os peixes viventes iam-se encantando sob o peito do Oceano branco. E pegava muitos. Eram mais solares e solteiros que a língua louca das palavras. E caíam, passarinhando o céu. Caíam. Talvez no redemoinho.

Dizia: "Peixes" — e eles ouviam, como se os puxasse a música de um violoncelo, e tinham caras de pessoas decentes, fagueiras. E formavam multidão de almas-peixes transpondo a ponte levadiça do poente.

— Peixes, me sigam. Tenho palavras que içam pelo anzol os pensamentos com suas cores, as opulentas, aprazíveis iscas. E, se louco sou ou não, a minha barca é o princípio e fim das águas que se calam.

E eles vinham. O fundo da barca transvasava de olhos e entreabertas bocas.

E não falou Oriondo com o corvo que, em delírio, veio com o dilúvio, peixe imenso saltando, a esmo, batendo com a testa sobre a popa. Corcoveando. E com a pomba falou e ela era Oriondo que planava, livre, livre, sobre o Oceano e sobre Assombro. E o espírito voltava ao espírito. Com o céu nomeado. Tornando novas todas as coisas.

O insonte acontecimento ficou adstrito ao Oceano, que, às vezes, tinha proceder de homem, com iras, zelos, indisposições de pele e humor, amores, prepotências, fidelidades e contradições.

— Não é fácil — dizia dele, Oriondo — ter fluxos e refluxos constantes sobre o alvo coração, ou se conduzir com nível na grandeza.

Ou então justificava:

— O Oceano, às vezes, tem menstruações e enxaquecas de mulher.

Sem desdenhar a proveitosa máxima, que gerações se transmitem uma à outra:

— Poucos sabem ser velhos.

Oriondo, nas suas revoadas e vagâncias, não se retinha

— O Oceano é um velho camarada. Tenta, às vezes, ser menino. Nós nos respeitamos.

É como se um potro de anêmonas e algas me falasse, repetindo, repetindo, o que aprendi de cor na juventude, de um certo príncipe de La Rochefoucauld, cujas conspirações o colocavam mal na corte de Luís XIV: "Perdoamos facilmente nos amigos os defeitos que não nos incomodam." E a favor do salino e imenso companheiro: "Não são nossas virtudes, muitas vezes, mais que vícios disfarçados?"

Sim, podia ali, no Oceano, haver ebulições, como uma chaleira flamante de vapor, grandes tempestades, pequenos dilúvios (com outros nomes e distúrbios), mas o arco-íris divisava, sobre os rochedos bravos ou no íngreme ascender da colina, a roda do limite.

Alguns a denominavam, como Faus, a roda e o vento. Franco-atirador e humanista, proveniente da Catalunha, Faus vivia como eremita, numa casa de pedra, continuada na caverna sobre um dos topos da colina.

Era frugal, silencioso, quase vegetariano (sua horta de legumes o nutria, junto a um poço de puríssima água, que escavou). De carne, comia apenas camarões e peixes, que Oriondo, seu amigo-pescador, trazia no cesto, ou aqueles que ele mesmo colhia na rede ou paciente anzol.

Costumava chamar o arco-íris de a roda e o vento, simplesmente porque o revia como "os olhos de Deus, puro espelho para sempre".

Outros o apelidaram de arco das marés. E Ulrich, treinador de cães da redondeza, achava o arco-íris uma focinheira de lume e cores, posta no voluntarioso queixo do mar, quando preciso.

— E ocorrendo limite, ocorre a trégua — frase corrente nos lábios de Orlando, o pacificador. — Ocorrendo trégua, o mundo é o que se faz.

"Mais se devem estudar os homens do que os livros" — eis outro ditame do aludido príncipe francês, que publicou suas *Máximas*, sub-repticiamente, na Holanda, sem autoria, tão próximo de Montaigne pelo ceticismo e do herético Port Royal. Eu, que amo os livros, não me arredo de estudar os homens. Faus pertencera à seita dos silenciários. E por escrever contra ela na impetuosa doutrina de nunca falar, salvo nas coisas essenciais, como no que considerava absurdo, por exemplo, a negação da natureza, a favor da morte, foi expulso, perdendo as insígnias de inquisidor e mestre.

Só o fato de escrever num jornal da Catalunha, e escrever contra, demarcou a apostasia da doutrina silenciária. E ainda argumentou: "Cada gota nos fios guarda o mundo." E pela crença nas suas idéias, terminou o belicoso texto, com dois versos:

"Há de me pôr a coroa de rei
o amanhecer que avança."

Teve que escapar. O superior da seita reivindicara a sua vida por causa do subversivo artigo.

Saiu às ocultas da noite, deixando a mulher Flamínia, que viria a seguir e jamais veio. Silenciária, silenciou. E ele quedou-se em Assombro: Crusoé num dos cimos da colina. Não perdeu o laconismo, mas persistiu com a natureza-mãe. Só no intuito de estar mais íntimo na relva, nas plantas e no fojo.

Dizem que um pássaro de bico amarelo, cabeça negra e plumas rubras o visita, vez e outra. Conversam numa língua de sinais. E o amanhecer penetra em sua morada, como hóspede.

Ao peregrinar pela vasta colina, vislumbrei-o, certa vez, com o tal pássaro nos ombros, depois na espalmada mão. Amavam-se. Quem não pressente o vulto entrelaçado de dois seres, mesmo quando distantes um do outro?

E a coroa, como Faus previra, ainda crescia nas pegadas — entre o ir-e-vir, essa constância com o circular amanhecer.

Emerson anotou que, "ao redor de todo círculo, um outro pode ser traçado; de que não há fim na natureza, mas todo fim é um começo".

E eu não esquecia que cada ato é um círculo e cada profundeza gera algo mais fundo. E era mágico o futuro, como o presente, porque as gerações são elos de outros elos e de outras gerações.

O tempo não tem cãibras no mar, como eu, quando nadava. Só se entorpece na luz. Ou quando o círculo se abre ou pende com a palavra. E eu aprendi a endurecer com as mãos os favos do abelhudo sol.

Nada de importante, ou reverencial, ou amoroso, ou épico perdura, sem o ato memorial do círculo. E o que, ali, foi gravado em fogo: "Quem está comigo e eu com ele, esse frutifica."

E quando um nome é posto no círculo: eis o pacto. Do princípio ao fim, é o movimento do espírito. Somos levados, sem saber para onde. Sim, se a palavra revelada nos empurra, nós a seguimos. Entre os erros e agravos desta época, é a tenaz unidade. E não somos cegos, nem surdos, quando por nós ela escuta e vê. Se "o arco à nuvem foi dado, o arco estará na nuvem".

SÉTIMO

Livro do navio

XI

O navio fantasma; sua música invadindo Assombro. Rebelião dos marujos contra o Capitão Calvor. A visita do Prefeito Euzébio ao navio. Oriondo pousa a âncora e manda que o Oceano devolva os mortos e ele obedece. As bolhas letais e as tartarugas. Lourim.

Um navio foi visto na enseada da colina, entre os rochedos, formando um anel em metade. A brisa o impelia como pêndulo de um relógio de água. O casco e a proa, pintados de vermelho. E as gáveas se entesavam entre velas pandas. Ninguém a estibordo.

Quem o viu foi Oriondo, e chamou Orlando e chamou Pórfio, Nenzinho, e chamou a mim. Todos fomos a bordo, e ninguém. O timão intacto, e o mastaréu rompeu-se em parte. Navio fantasma, regido por fantasmas? Navio sem rosto e muitos olhos. Pássaros-olhos.

E foi quando Oriondo sobre ele perguntou ao companheiro Oceano. E o Oceano não se fez de rogado:

— Foi rebelião de marujos contra o Capitão Calvor. Desafiou-me com arrogância. Destemperado era. A luta não deixou sobreviventes.

— E depois? — interrompeu Oriondo.

— Depois a tempestade varreu do tombadilho seus defuntos. Varreu. — E o Oceano falava com fúria, bufando em vagas: — Fui eu que absorvi esses defuntos numa rede-moinho. São mortos meus.

Oriondo, com autoridade, o repreendeu, pondo em sua voz brandura:

— Os mortos são da morte, amigo Oceano. Devolve os corpos para a praia. A sepultura não há de ser na espuma.

Nós trememos. O Oceano ouviu. Foi soltando os mortos como se despencassem para cima, balões compridos, zepelins de ondas. E as águas os tomaram sobre os braços e os largaram, em fila, sobre a areia. O Capitão Calvor se distinguia pelas cores do fardamento roto, com a gola e os galões comidos pelos peixes. Inchados todos, roídos pelo corpo, esburacados e apodrecidos queijos. Soltas as almas ao redor de Oriondo. Que agradeceu ao Oceano. E disse:

— Agora, podem dormir na morte, sem ter pressa de esquecer.

O navio fantasma foi vistoriado pelo Prefeito Euzébio, grande, olhos falcoeiros, no início apalermados, depois sérios. Veio com a Comissão Municipal e alguns curiosos. Vultos batiam contra as cordas do velame: batiam, se apagavam. Havia certa estupefação neste oscilar de sombras de outras sombras que se desagregavam pela água. Os porões estavam cheios de aveia, alguns cereais, tonéis de vinho. Mesmo com o furor da maresia não se deterioraram.

Oriondo firmou a âncora. E os que estavam com ele empurraram, foram empurrando o navio para longe dos penedos. Os ombros eram bolas de gude que carambolavam. E o navio cintilava, estrela imensa, boiando antes da rebentação. Cintilava e se movia, como um polvo assustado.

Não, não era polvo. Era um bicho indefinível atrás das ondas. Oriondo e Pórfio, juntos, gritaram ao navio:

— Fica, onde estás! — E o bicho se entocava, fugidio. Saía dele, quieto. Mas ficava. E o navio começou a ouvir. Quedaram-se parados o convés e os pés da nave, entre as funduras.

Entrei de novo nele e peguei a bússola em delírio, como um caranguejo. Avariada e trêmula. E dois peixes esparsos, ainda vivos na popa. Eu os soltei com almas. Iam cercando a bússola e esses peixes, como um vulto. Soltei-as para sempre. Com a palavra.

No momento em que Oriondo pousou no mar a âncora do navio fantasma, lembrei-me, por associação (e a memória é areia movediça), daquela outra âncora encontrada na colina, a que aludi, leitores, no capítulo inicial desta narrativa, pois tudo retorna do fim para o princípio, como um círculo. E recordei que "a vida toma o nome das coisas" (como Assombro prenunciara) e aquela primeira âncora apontava, como sinal, a essa, talvez a derradeira, ou a última das últimas (quem sabe, essa é a primeira e aquela, a última?) das âncoras pousadas sobre a vida, para que ela do peso e nome se libere. E seja, voando, a Vida.

Depois vi que tinha cãibras o céu, na mão esquerda do horizonte. E o Oceano resmungou:

— As cãibras me fazem tremer e tremer, como um velhote indefeso, nas espumas.

— O que seria se o sol sofresse cãibras? Podia cambalear — admitia Oriondo.

— O que sobraria da irrefutável luz, se o sol fosse caindo? — o Oceano resmungou, resmungou, aborrecido.

As barbatanas da escuridão puxam as estrelas e elas escorregavam.

— E o tempo, até quando vai continuar impune? — Depois Oriondo calou, como se a cãibra se instalasse em sua língua.

Nada se encantava ou desencantava igual ao mar. Como se fosse desmemoriando ao som de sua incessante música. Desmemoriava e fungava com as narinas, liquens, mariscos, conchas. Fungava o Oceano, como os antigos ao rapé.

E só a palavra o arrancava dessa letargia. E, às vezes, perambulava, sonâmbulo. O céu vinha sobre ele, como uma lagartixa no muro, mariposa esvoaçando. E ele balançava a cintura, perambulava com as pernas ébrias. Foi quando Oriondo despediu-se e o Oceano gesticulou um círculo na palma de gaivotas. E se foi, como um homem que se afasta.

Os mortos do navio foram enterrados em ponto sigiloso da colina, anônimos, juntos, sobrepostos, como tábuas de jangada, pela morte. E nem a relva deles saberia, ou talvez fossem a futura relva na floração de umidades e ossos.

E o enterro na vitalícia cova se deu por funcionários de confiança do Prefeito, cujos nomes são parte do segredo. No ato, até os mortos foram perdendo o nome. O que ocorreu sem nenhuma fala. E o silêncio os encerrou. Sem a adotiva pedra.

"O principal é que as cores não se desmintam umas às outras" — pondera o Mestre do Cosme Velho — mesmo que "não possam obedecer à simetria e regularidade."

Quando a aurora rebentava, o Oceano rebentava e as cores se poliam com mais cores, semelhante a uma baleia que poreja. O navio fantasma era simétrico e a aurora rebentava nele e ele se ia dilatando como boi que arrasta a relha. E, ao ser insuflado pela ventania, o povoado escutava o navio cantar um mavioso coro de muitas vozes, como nuvens arrulhando. E alumbrava os que o ouviam: cristalizados pelo cântico.

Os cata-ventos paravam de rodar, os carros estancavam o motor, e os cães, cavalos, pássaros eram paralisados de repente. Num hipnótico torpor, o magnetismo que só o Oceano sabia. E o tocar da lua na sua imóvel tona, de peixes e de rugas.

A palavra quebrava o cristal, movia a roda das coisas, apressava os cata-ventos, desatava as aves e os bichos.

Sim, no caule da manhã, com a curiosidade ambulatória do povo cercando o navio fantasma, Assombro foi invadida por muitas vozes de um coro invisível, com o barulho de mós e sons se conectando e formando música singular, tempestuosa, às vezes, e outras, maviosamente simples, ora inocente, ora sombria, fazendo tremer o vento nas casas, e os ouvidos mal dissimulavam o encanto por seu extasiante poder.

A melodia arrastava, de roldão empurrava, e as almas começavam a ruflar fora do corpo. E a beleza ou fealdade eram terríveis, abalando os olhos uns dos outros. Numa música absoluta que todos associavam ao navio fantasma, como se juntam a causa e o fato, o lampião e a chama. E essa música irrompia por clarões, como se promanasse dos sonhos, com celestial fragor. E coisas inesperadas sucediam. Renascia o amor que estava morto, entre amantes, desfazia-se o ressentimento de inimigos, a inveja se esvaziava como um pneu furado, e o Oceano dava impressão, a quem o visse, de estar com as bochechas soprando, soprando um instrumento puro, comprimindo os grossos lábios contra as ondas. Depois o som cessava, para ressoar, mais tarde, com a batida do veleiro na cintura das rochas, como se fosse um peito em trompa, na ofegante respiração do tempo.

Espalhavam-se as notícias sobre o canto do navio fantasma. Não era trabalho de artesãos da música, nem de peritos orquestrais. Nem do sonho de sonhos desenhados na correnteza humana. E como não se esboçou sequer um juízo seguro a respeito do lugar de onde o navio partira, ou do misterioso canto, impunha-se ao tempo a autoria, sem conhecer jamais, por mais que ousemos, as verdadeiras causas.

Sobre um dos rochedos, eu ficava contemplando, com Assombro, o Oceano e seus timbres. Adquiria na tarde um acento purpúreo sobre as azuis e espinhadas águas, com remos de andorinhas, rijos, duros remos de galeras mínimas.

E além, vadiavam bolhas de compridos, rubros filamentos, letais e comburentes seres, enchendo de vergões e de feridas, com o seu toque, quase etéreo ou transparente.

Depois olhávamos, ternos, as tartarugas de grossas carapaças amarelas e as outras, verdejantes, nobres, que ali sobreviviam, sem serem molestadas pelo povo. E vimos: digeriam, com os olhos desterrados nas pupilas, as bandoleiras e ferozes bolhas.

— Água condenada e traiçoeira — para Oriondo. Sem raízes do mar: só na maldade.

E as tartarugas eram pesadonas, marmanjas de um limoso e apartado internato de rochas.

Crianças grandes na água: um rebuliço. E se regalam lentamente, quando das mudas rochas tombam.

Como esquecer Lourim? Menino de doze luas, olhos gaios, ombros de vime, e, ele, um viandante cesto. Habituou-se a estar de léu em léu. Sem nenhum apoio de pai, mãe, tio, avós, ou quem seja: alavanca de empurrar estações, como animais em cio. Esmolava, ou vivia de changas ou expedientes.

Abolidor de regras, entrou na cabine do navio fantasma, ancorado na enseada. Entrou e uma tromba do céu caiu, a tempestade. E estourou a cabine como bomba e ele rolou. A cabeça troava no relâmpago. E ele foi encontrado fora de si, lelé da cuca, solto das idéias e do nexo. Solto de si, jogado junto ao mastro.

É a infância uma loucura desatenta? Ou é como o tempo vinga-se dos seus?

XII

De como a música do navio fantasma começou a se tornar comum e depois fanhosa. A confraria do Navio. Alex e sua família. Anildo e a Associação da Loucura Dinâmica. Solnever, o tecedor de barcos para morar.

O coro do navio fantasma, aos poucos, perdeu o ritmo, o interesse do povo, como a canção tão escutada, que se torna um velho e fanhoso disco. E a voz se exaure cansada, inaudível. E o povo precisa continuar vivendo com a cara das árvores, do mar e da colina. Tendo a cara da vida que não pára de correr. Mas o navio fantasma — acostumado com a visitação pública — ficou semelhante a um animal inofensivo, oficializado, um urso na jaula, que nem mais às crianças assusta.

— O sedutor é o político para uso interno — dizia meu avô, entre uma baforada e outra de seu charuto malcheiroso. — E o político é o sedutor público. — E recordava alguns figurões que gorjeavam promessas na campanha. Depois de seduzir o eleitorado e os magnânimos votos, os esqueciam. E as promessas — coitadas — voejavam com os passarinhos.

Oriondo não apreciava os políticos, apreciava os peixes e a confraria do Navio, por ele criada. Cheguei a perguntar-lhe, antes de aceitar minha inclusão de sócio, o motivo dessa confraria.

— A alquimia da esperança — respondeu-me.
— Alquimia? — não entendi.
— A esperança precisa repetir-se até brilhar à noite — me disse. — Navio é ser destino.

Vieram-me à lembrança os barcos de madeira e os veleiros em garrafas alinhados, em nossa casa, perto de alguns livros. Porque os

objetos em nós devaneiam e destilam o alambique vaporoso dos sonhos.
— Viver é só viagem — reiterava. E o bar-restaurante, lugar das reuniões de sexta-feira, à noite, era redondo, entre cadeiras, mesas em sua sala especial. Secreta aos demais.

Tinha escudos heráldicos e espadas na parede, jarros coloridos pelos cantos, salames e queijos pendurados em cordões, desde o teto. E uma inscrição de Cervantes, em tabuleta com letras garrafais: "Poderão os encantadores tirar-me a ventura, mas o esforço e o ânimo é impossível."

Pórfio declarou-me:
— A confraria é o ideal de cavaleiro que previ em minha novela.

Orlando:
— A esperança não é um navio. É uma vaca de olhos belos.
— Tiro o seu leite — disse Nenzinho. Dimedes e o Leão da Praia não quiseram explicar a esperança. E eu estava lá, curioso. Participava. Uma bandeira foi bordada com os traços do navio, em pano azul. E hasteou-se o pavilhão, com palmas.

O teto sustentado por vigas de madeira encabeçava o nome dos membros. E a cerimônia era iniciada e finda com o círculo.

Eu disse para Oriondo:
— O círculo é um símbolo do que acredito, não o que acredito. Mas a esperança talha como o leite fora do gelo. — A esperança seria minha. A alma não secara, nem a criança em dentição que nela existia.

E o que era ali resolvido não transpirava. Alguns deduziam simplesmente ser a confraria zeloso enigma do universo. Outros diziam que era uma oficina, onde se forjavam símbolos e pósteros eventos. Como, se a vida é que se precipitava na avalanche?

Outros imaginavam que o bar-restaurante, na prefixada noite, tornava-se pesquisa de sinais ou linguagens ignotas. E que se transmitiam tradições orais de histórias, poemas, textos, visões, ocultos sonhos.

Anildo era um mulato que vestia com certa parcimônia. Não amolecia seu gingado no andar. E no bigode malandro. O caso é que se embebedava, freqüentemente, tropeçando pelas ruas. Morava em pensão, e era uma façanha o percurso do quiosque, depois da colina, até o quarto, tão ébrio quanto ele. E como um ventre, redondo.

Em certas ocasiões, ficava louco e dizia: "Vou passar um período no hospício." E lá hibernava.

Um dia tocaram fogo no quiosque da enseada e quiseram incriminá-lo. E ele protestou, diante da injustiça: "Como vou incendiar o lugar onde tomo o meu trago? Louco sou, não burro."

Outra vez, mortos a tiros, dois defuntos se aparoquearam na enseada. Também quiseram envolvê-lo. Sentia-se marcado pela polícia. Negou: "Não tenho culpa se a enseada virou faroeste."

E quando vinham com tais acusações, não tinha dúvida. Voltava ao hospício. Dizia: "Se está difícil viver entre os sensatos, vivo bem entre os loucos." E sumia.

E consta que os doidos o consideravam um dos seus. E eles juntos, em conversas, condenavam os sérios e sensatos homens do povoado. Leais entre si, tinham um amor que só a paciente loucura entende.

"O misterioso tem certo ar divino" — salientou Baltasar Gracián.

Anildo conseguiu, na estada do hospício, formar a Associação da Loucura Dinâmica. Cada membro obrigava-se a advertir os sensatos, através de cartas, sobre a arte de conviver. Repreendiam com rigor a falsidade, o desapreço, o rancor e a falta de ousar pela loucura na fé, capaz de remover montanhas.

Anildo lera, na biblioteca, que Plínio, o Velho, ao escrever a sua *História*, afirmou que a água, quando ascende à atmosfera para compor as nuvens das chuvas, suga consigo cardumes de peixes e, às vezes, pedras. Ora, a loucura dinâmica reverte o enunciado de Plínio, na medida em que o mágico se afasta do real. E o que suga a loucura não são peixes, nem pedras. É a sabedoria de averiguar o que é do espírito e o que é do homem.

E as palavras que, em carta, diligentemente, eles enviavam não podiam cessar ou retroceder sem que os sonhos estivessem completos.

As qualidades se sujeitam à moda. E esta, às necessidades. O navio fantasma era um território mítico, com suas vozes no gramofone do vento. Límpidas, poderosas no princípio; depois, frouxas, trêmulas.

O mágico desativa o encantamento, ao desativar o mistério. Ou apodrece a água de sonhar, sem seu elixir de símbolos. E o povoado absorve os fatos, por mais extraordinários que sejam.

"O extraordinário, ontem, é o trivial, amanhã. E depois de amanhã, poderá voltar a ser extraordinário" — escreveu Pórfio, o novelista, no seu já conhecido, *As catacumbas da História*.

A seguir, vem o acaso, bisneto da necessidade: uma família (pai, mãe e dois filhos), a família de Alex, o pedreiro, apossou-se do navio fantasma, ali fazendo residência, depois de arrimá-lo com pesada bóia. A anterior âncora de corda roída separou-se do corpo da embarcação e mergulhou como flor sonolenta no mais fundo ermo da enseada. A exposição pública findara. E a lembrança era início de esquecimento. E o esquecimento, outra lembrança mais avulsa ainda.

A partir do instante em que a tal família nele se instalou, o navio perdeu totalmente as suas vozes. Ou talvez tenham sido atiradas, com a bússola, ao mar. Ou provavelmente o céu, ao amordaçar as velas, as tivesse emudecido para sempre. Não importa. Outros barcos foram construídos como moradias de homens descasados (deixavam suas casas às mulheres; a única exceção, Valquíria, cuja morada ficou com o ex-marido). Ou eram edificados para casais que buscavam o lar nalgum recanto, que não fosse sob pontes.

Alguns dos barcos eram de uma vintena de pés, agarrados às bóias. Apenas um, maior, de trinta e cinco pés. Seu nome: *Arcanjo*.

Essas marítimas moradias na enseada ficaram proverbiais, em face do pequeno custo (incomparável com o de uma casa de alvenaria). E um certo conforto e despojamento.

E o Oceano, que só se comunicara, até então, com Oriondo, quando lhe apetecia, falava com os moradores sobre a proa dos barcos. Tinha cabeça imensa, metida num capuz de escuma. Não lhe bastava a companhia dos seres submarinos, buscava a dos humanos. Era dócil, tolerante. E os seus olhos possuíam as pestanas da alva.

— Donde provêm tais barcos? — perguntei a um de seus moradores.

— Pelo engenho do construtor Solnever — respondeu-me. Procurei-o. Tinha de nascença uma verruga na face esquerda e olhos andarilhos nos seus cinqüenta e cinco anos, tão doídos. Especializara-se em edificar barcos, de vários pés, mãos, pálpebras, a preços módicos e prestações. A madeira vinha-lhe através do caminhão de um amigo de infância, Nindo, alto e franzino, e era cortada de uma floresta, além da colina. E essa madeira se reproduzia nos troncos como amebas vegetais gigantes, quando o sol aquecia a confabulação de seus ramos, sob a flauta de virações insones.

Solnever tecia o barco como um escultor as formas, desde o mastro, o convés, até o alojamento. Sua oficina situava-se nas proximidades da praia. Sim, a madeira na sua mão chilreava, ou a melodiosa viração da floresta nela se inscrevera como efígie. Depois, as velas, de panos costurados por sua mulher, Liana, a minuciosa, criavam vida, paridas como ovelhas brancas no cercado das tardes.

Solnever começou a ter pedidos em excesso. A crise de habitação era reparada por esses bichos-barcos, cangurus que alojavam no seu bojo a sequiosa e carente espécie humana.

Oitavo

Redemoinho

XIII

De como Pandolfus criou sua teoria da escala sismográfica de valores. Tabor, o cão e sua estranha enfermidade. O Redemoinho. Minha relação com os poentes, desde o tempo da marinha mercante. Alves. Derson. Faetonte, Deodato e Alcides. A opinião de Lucas, Orlando e Dimedes sobre os tais visitantes extraterrestres. Da esfera das naves espaciais e o novelista Pórfio. A palavra aciona a potência do silêncio.

Cada coisa é revelada no amor. E o amor, em cada coisa. Os que estão na treva de trevas se saciam e só trevas vêem.

E um sociólogo de nomeada, Pandolfus, inventou a teoria da escala sismográfica de valores contra a tradicional teoria da pirâmide. E se era consangüínea com a de Marx e Engels, jamais poderemos supor. Porque nasceu das circunstâncias, brotando com a naturalidade dos lírios num jirau.

Para ele, como a cauda de um cavalo desce ao chão, assim os que se acostumam na queda são produtos da queda. E os que se habituam na ascensão frutificam subindo.

O assistencialismo do poder ajuda os mais pobres, porém a mudança não vem da fronde da árvore, mas da semeadura. A coesão dos que pensam e dos que fazem deve partir da consciência da palavra-vivente. Essa, do búfalo-coração do povo. O futuro corre com ele, voluptuoso, na colina. E cada coisa se desvela correndo.

Tabor vomitou muito. Dei-lhe um concentrado de plantas medicinais, útil aos bichos e às pessoas. O estômago tem a sensibilidade de um vespeiro. O tempo, às vezes, é insensível.

O cão não só melhorou. Lambia-me as mãos, afanosamente. E o elixir tinha algo de licorosa juventude, talvez o que Ponce de León na sua Flórida não logrou. E o cão foi ficando mais garoto, até tornar-se miúdo, como veio por mim trazido ao colo, aconchegado. Aliás, quando o busquei, com Assombro, entre seus irmãos-cachorrinhos, medrosos, tímidos, fiz o teste da livre e mágica escolha. O que me buscasse primeiro seria aquele o separado. E Tabor se adiantou, designou seu dono. E documentado restou, quando o tomei na palavra. Não chorou na vinda, não chora mais agora. É um carneirinho que se assenta entre os meus pés paternos. O elixir que miraculou o cão talvez possa, sorvendo-o, miracular cada vez mais a infância dos meus sonhos. Que ladra tantas vezes na persiana dos símbolos. Restituirá o ouvido aos surdos? E os que envelhecem abraçarão neles o menino? Como explicar a repetição do que aformoseia o rosto, entre noções e sensações rebeldes?

Um princípio inelutável, absoluto, continha o tal concentrado de plantas. Talvez o norteasse o da própria pedra filosofal. Ou filosofal era o delírio do cão que eu via — da madureza à primeira idade. O cão roncava e a palavra de cura que eu lhe dei fazia-o voltar ao proverbial tamanho. Pois se o espaço tem três dimensões, segundo uma das mais sábias e miseráveis das criaturas, que foi Francis Bacon, o cão e eu estávamos na terceira. E regressávamos, num choque, para a etapa inicial, onde as coisas são as coisas.

Esse intervalo sacode o torpor e a gravidade de cidadãos conspícuos (o adjetivo era um delírio fugaz). E como a chuva cedeu ao sol, que furou o nevoeiro, Assombro com sua sacola foi para as compras no armazém. E eu fui para o arrebol do meu canteiro de violetas no pátio. Deixei-me absorver como sombra no Redemoinho.

Eis o ponto: o Redemoinho. Não seria ele a conseqüência de um verso? O que fez voar a casa que os habitantes da Dalmácia tiveram a surpresa dolorosa de assistir e Voltaire de relatar? Ou foi o Redemoinho que apareceu diante de Jó, e Deus falou. Os redemunhos dos sertões e outros, das assembléias de pássaros. Ou o teto no meio das águas que Deus fecundou e Ele disse: "A terra arrelvará de relva, ervas semeando semente, árvore-fruto produzindo fruto por sua espécie", cuja semente é a casca do nome.

— E arrebato as gerações — diz o Redemoinho. — E os sinais produzirão sinais — e não será mais volátil a esperança. E os terrosos possuirão, do clarear, a maior sombra. Arranho o clarão com as mãos. E clamo. "A maior sombra da sombra é o Redemoinho" — Parmênides deixara num diário aos pósteros, corrigido com sua letra, antes de se ir na tempestade. "Não, é o vivente que se arrasta sobre a terra" — atinava o povo. E o intenso bem do amor pode ser túmulo (pensei), se prosperar o Redemoinho e sua casa que voa.

O miraculoso é uma série de fatores que se combinam. O que se repete muitas vezes desarvora o espanto, diminui o pavor e se faz quotidiano. E este de repente pode ser aterrador. O que nos afasta é o que nos agarra. Como um trinco.

Fui capitão da marinha mercante e me alcunharam de capitão dos poentes — porque fitava-os (e ainda os fito) de forma tão abrasadora, que eles vincaram minha testa com minúscula meia-lua de fogo (cicatriz que, com os anos, foi-se esmaecendo). A outra metade ficara selada no meu coração. Algo que só o poente e eu sabemos. E Assombro por instinto. As mulheres adivinham no ar tudo o que nos sucede em escondido. E são eficazes.

Se a consciência no povoado lograra avanços consideráveis e se a economia ponteava na permuta a conquista do futuro, a palavra jamais será coletiva. O futuro é clemência dos sonhos com eles próprios. Só herdamos o silêncio.

Alves dedicou-se ao teatro amador na cidade natal, desde cedo. Estudou no colégio e na Faculdade de Letras Clássicas, já amadurecido, morando numa garagem alugada com o salário de contador de uma firma. Era esforçado. Seu porte alto, o rosto de galã romântico, um defeito de paralisia infantil no braço esquerdo curto e inerte, passos decididos.

Tornou-se professor de um curso de português, por ele fundado. E representava ensinando, usava processos mnemônicos, utilizava brincadeiras e métodos lúdicos. E os alunos cresciam.

Fora colega de Pórfio, o novelista, no curso clássico. Recitava-lhe os primeiros versos, ou Alves os lia no percurso entre o colégio e o lar-garagem. Quando lhe perguntavam: "Como está?" Mesmo na pobreza, respondia, contente: "Estou louco de bem."

Ignorava a loucura mansa que o sustentava nas aulas, onde a imaginação industriava os sonhos.

"As gerações são como os cachos. Fazemos cair, ao puxá-los, as uvas do tempo" — dizia. Ou: "O equilíbrio é a gramática da noite."

A comunidade nunca resgatará o porão da linguagem que ele, aos poucos, albergou nas almas aprendizes. Acamado, com enfermidade incurável, quando Pórfio relembrava coisas antigas e comuns, Alves murmurou, com voz quase inaudível, indagado sobre a sua situação: "Estou louco de bem!" E foi sorrindo, além da enfermidade. Ensinava à morte seu português sem peso, no espírito.

Derson, geômetra cego de Assombro, ao perder o amor de Andrômeda, mulher sombria e dura, descobriu que nunca o tivera, nem o teria, e estava mais fora e distante que as galáxias. E se fez andarilho, mendigo. Abandonou a casa de sua mãe, Floriana, abandonou os livros de geometria, que lia em braile e os de alguns raros poetas. Abandonou o povoado para sempre. E não se sabe que direção tomou. Extraviou-se nas ruas de remotas cidades e sonhos. Deixou este fragmento, entre seus desenhos e números, escrito em letras díspares, grandes, sem margens:

"Nunca fui refém da lógica. Mas do amor de Andrômeda. A lógica é uma velha caducando. Com as pernas tropeçando em si mesmas, cambaleantes.

Discordo, portanto, de Kant, que mandou ter cautela para que os conhecimentos sensíveis não saíssem de seus limites e não viessem manchar os inteligíveis. Kant não conheceu o amor. E exatamente o que ele temia deve suceder na geometria e na criação da linguagem: que a lógica possa explodir como uma bomba-relógio. Porque é dessa explosão, dos destroços da inteligência, que a mágica do sonho eloqüentemente advirá.

Da mendicância da lógica tirei a minha mendicância. E há de gerar outra razão mais lúcida, que a vida sobrepõe aos desastres e calamidades."

E eu me indagava se Derson não caíra de um sonho para um pesadelo. Mas o juízo permanece sendo o do tempo.

Faetonte, o mais rico e opulento do povoado, visando a preservar os seus tesouros, acumulados pelos ancestrais, entregou a um arquiteto famoso, Orígenes, a edificação de um palácio de pedra circular, com muro exterior. E alinhou ali, engenhosamente, uma das pedras, removível com o esforço de dois homens.

Orígenes, em artigo de morte, chamou Alcides e Deodato, seus filhos e contou-lhes o pétreo artifício. Seus filhos com pressa foram ao pote, deslocando a suspeitosa pedra, tirando, em várias idas-vindas, o que puderam.

A redução progressiva da riqueza dos vasos, estando seladas as portas, abalou o ânimo de Faetonte, cada vez mais perplexo. E, astuto, teceu sua armadilha num dos vasos. Alcides caiu nela como um pintassilgo no alçapão. E, vendo-se apanhado, pediu, corajosamente, a seu comparsa: "Corta-me a cabeça e não serei reconhecido." Não foi. Deodato conduziu a cabeça de Alcides, solta, para casa, como se vida própria ela tivesse.

Com a justa insistência da mãe para a devolução do corpo de seu filho, pendurado na muralha, Deodato previu o plano de Faetonte. O que fazer? Aproximou-se da muralha com um burro carregando odres de vinho, e rompeu, num gesto encenado, contra a sela um dos odres de oloroso vinho, chamando a atenção dos guardas. Da sedução com o vinho para a embriaguez dos guardas, foi um passo. Como do vinhoso sonho ao pesadelo. E Deodato recuperou o corpo de seu irmão e o juntou à cabeça, saltitante como um esquilo, com a palavra, a palavra e o círculo: reviveu Alcides.

Juntos, de novo, os irmãos prosseguiram na pilhagem, como se a riqueza fosse um vaso comunicante: o que fugia de um lado, no outro ancorava e se expandia.

Faetonte chegou ao cabo de seus dias pobre e sepultado no edifício, com os dizeres: "Quem furtou meu sonho será por ele despojado."

Deodato e Alcides não recuaram. Construíram um palácio circular, com a mesma planta que Orígenes, seu pai, arquitetara, resguardando seus tesouros, sem a impiedosa e soletrante pedra, fora do muro. Ficando os dois edifícios próximos, quase iguais, como gêmeos, era difícil distingui-los. Salvo pela pedra da violação.

Como estavam sob a profecia de Faetonte, sendo impossível combater um morto, Deodato combateu sua palavra. Vedou com outra, imponderável, cada fresta, sem subtrair da morte o que já fora inteiramente dela. E deixou esta lápide, sobre a selada porta: "O sonho para sempre, de um a outro, nada guardará da morte." E abaixo, com distância: "A história humana é apenas um sonho errante."

Na época, antes de seu aéreo sumiço, andei atrás de Lucas, o coletor de imagens e impostos, por causa dos visitantes insólitos (que noticiei no começo do capítulo quarto), os tais extraterrestres. E vi que fez um gesto de pegar no ar, como gaivota, o meu relato. E disse:

— O sonho é que nos pode falar de seus cativos, eu não. Quem pode sonhar, sonhe e veja. O que é do sonho, é do sonho.

Não me dei por achado e procurei Orlando, o pacifista. Olhou-me bem nos olhos e assuntou:

— O amor possui sentidos, não razão. Quem há de retirar ou não do sonho esses visitantes, se o sonho pertence a quem o sonhou?

Cordato ele era, apagador de chuvas. E veio de novo a relação da esfera. Com os espécimes de nova humanidade. A esfera é quando em nós se abriram os tempos como borboletas no casulo.

E Dimedes, consultado por mim, admoestou:

— Os tempos são os arcos de Deus, e nós estamos neles.

Tive que concordar. A sensatez na luz é admonitória. Concordei e me fui. Quando deitei, sonhei que libertava do sonho de Aristides, ufólogo amador, os visitantes. E disse a palavra ao ir sonhando. E a palavra era maior que o sonho. E se eles escapuliram ou entraram noutro sonho, não me apraz. Relato. Sem declinar de certa misericórdia pelos seres. Até pelos extraterrestres.

Ao folhear o livro de Pórfio, *As catacumbas da História*, li este trecho na página 60, a respeito da esfera, que me aumentou a perplexidade, com certo laivo de terror:

"A esfera das naves espaciais mantinha os ocupantes como papagaios de extravagantes cores na gaiola móvel do universo."

Tivera Pórfio, ao descrever essa nave, a mesma experiência de Aristides?

A perplexidade é a inocência machucada. E o terror: a mera hipótese de a esfera espacial persistir sendo a carnação dos sonhos, ou o sinuoso projeto de romper, invadindo, a solidão dos homens.

Os pensamentos se volatilizam? Também a vida. Não vemos Deus pelo número contável dos astros, ou dos coelhos, ou gaivotas. Vemos Deus por existirem astros, coelhos, gaivotas. E pelo que está por trás dos sonhos. E como por eles nos fala, se dormirmos. Ou falamos com Deus, acordados no espírito. Acordados — de firmamento a firmamento. A palavra aciona todas as potências do silêncio. E exulta.

NONO

Livro das leis, dos juízes e apenados

XIV

De como os comitês do povo pressionam o governo de Sândalo Acabe, com a proposta da redução de impostos e leis. Os oito princípios circulares. As leis e o sonho. O funcionamento da justiça em Assombro. Cratus, o jurista, introduz o juizado de leigos e o Código Penal Econômico. Como tipificar os invasores extraterrestres na lei. A animosidade entre os animais imita a dos humanos. Senso de realidade. Joanes, o delegado, e o brutal assassínio de Juliano. Os presos de Assombro tentam a fuga. Orlando defende a sua recuperação, mediante o plantio de terras. Acácio. O antropólogo Tizon preconiza o próximo advento do matriarcado. A memória da imaginação.

Quanto mais numerosa a legislação e o velame de parágrafos, mais penoso era governar. Pois "o sonho da razão cria monstros" — advertia o pintor espanhol Francisco Goya, na sua série de *Caprichos*. E não há outro sonho da razão mais soberano do que as leis que o próprio poder vai gerando. Minotauro que tece o labirinto.

Com a experiência do escambo e o retrocesso oficial dos réis, o povo se conscientizou de que, sendo trator e terra, não era nenhum animal selvagem a esperança. E os comitês do povo resolveram pressionar o governo central, presidido por Sândalo Acabe, o Astuto, no projeto da redução de leis e impostos, regendo-se por estes oito princípios circulares:

1. A palavra é o contorno de Deus. Feri-la é ferir-se;
2. Quem não faz o bem, não faça o mal. Mas já não fazer o bem é deixar que o mal cresça;
3. Aprender cada coisa pelo nome e pegar a essência;
4. Toda a palavra é ato;
5. Viver é trocar de abismo;
6. Quanto menos ambições, menos demandas. A astúcia é silêncio;
7. O sonho vê com os olhos do que não vê. Não se engana o escondido;
8. Caçar com a razão é caçar com espelhos. Se o sonho é caçador.

O excesso de leis resulta no excesso de fendas, por onde transgressores escapam. Assim, baseados nesses princípios de bom viver, lapidar ciência do universo, os artigos de lei, com brevidade e exatidão, terão enfrentado os mais simples e emergentes problemas. Se a grandeza nada tem com ninharias, o volume de leis nada tem a ver com sua qualidade e cumprimento. E consta que o governo central, com peculiar senso, adiantando-se aos acontecimentos intransferíveis, acolheu as proposições dos Comitês, repetindo o refrão dadivoso, e nem sempre correto, de que "a voz do povo é a voz de Deus".

O que as leis refletem no sonho, ou que sonho precisa de leis, para não ser pesadelo? E nenhuma norma poderá vedar o sonho de encontrar-se com outro na linguagem. Sonhamos sempre algo a ser vivido no futuro. Ou que o foi, sem que soubéssemos. Sonhar é cair dentro de si mesmo num redemoinho. É informe o caos. O espírito singra a face das águas. Desequilíbrio é amor. E circulares são as rotas das leis, como os atos fundadores do povo. Circular é a colheita do trigo e seu celeiro. Circular, o Oceano. E flutuamos, flutuamos com os sonhos.

E a justiça em Assombro? Preenche o previsto em provérbio hindu: "No tanque raso uma pedrinha é agitação; no oceano, os movimentos da baleia sequer encrespam a superfície."
A justiça a favor dos pobres repercute igual a um seixo em tanque raso. E a justiça contra os poderosos é como a baleia que nem sequer remove a rosa das águas.

Em caso de indenização civil, por uma videira destruída, por exemplo, se o artigo exato não for mencionado no requerimento, não pode ser depois substituído pelo artigo da figueira. E a causa não é julgada procedente, mesmo que tenha razão a parte. E assim vem desde o Direito Romano. A forma de julgar não avança nos séculos.

Daí por que Cratus, o jurista, introduziu o julgamento dos leigos nas camadas sociais, dividindo a responsabilidade jurisprudencial. Cratus preferiu seguir a inovação de Moisés no deserto, dividindo o juízo para os casos comuns, de menor valia. E os julgamentos então se multiplicaram pelo povoado, para que o tempo não impedisse ou corroesse as lides. Sem retirar — ressalte-se — os julgamentos das causas mais graves (todas as criminais e as civis, fixadas por alçada) dos magistrados de carreira. E sobre isso redigiu um volume — *As novas regras de jurisdição* —, abreviando medidas, restringindo prazos e recursos relativos às indenizações, de feição civil, comercial ou fiscal, alertando para a provisoriedade da vida e o desequilíbrio e tardança da justiça. Quanto aos delitos contra a economia, preconizou, entre hipóteses e sanções, a criação indispensável de um Código Penal Econômico.

— Talvez — observou ele — os direitos só possam ser alcançados pelos sonhos. — E será forçoso transformar o arcaico processo de conhecimento em processo de execução. Para que não se efetue o danoso ditado: "Que na existência tenhas muitas demandas, ainda que venças."

O depósito judicial há de ser abolido, lugar de nova intrusão do tempo. Ou fica o credor com o bem, ou consegue a conveniente permuta. Adverte que os julgamentos invadirão a noite, com a gravação do que neles ocorrer, sem assentada de depoimentos e sem a protelante perícia. "Pois essa é o principal pretexto" — assevera ele — "para inserir o estrangeiro tempo nos autos."

E o povo compreendia que a justiça é ato de ajudar-se, mudando. E mudar é um recurso da memória, com o julgamento dos sonhos.

Um dos primeiros casos, depois da admissão de juízes leigos, em Assombro, foi a denúncia de um agricultor (assim noticia o jornal *A Ordem*), identificado apenas como Pedro, que propôs queixa contra os extraterrestres, por terem assustado sua criação de porcos, especialmente, a das fêmeas, que deixaram de comer e procriar.

Eram os mesmos invasores que relatei num dos capítulos iniciais, a comprovar que o real e o sonho são gerados pelo mesmo rastro. Pedro, o produtor rural, prometeu apresentar ao juizado três testemunhas oculares, preocupado com o entranhamento ao materno sonho, que esses seres ocasionaram aos animais e aos homens.

Mas o provável juiz da causa, numa entrevista, afirmou que "o juizado recém-implantado procurará resolver os problemas da população. Só que, ao tentar fundar a justiça do terceiro milênio, não esperava iniciar com denúncias contra ETs". E se Pedro, o agricultor, interpretou a primeira parte da entrevista ao pé da letra, o juiz não se deu conta, na segunda parte, que o ato de julgar também deve ser previsto, ao pé do sonho.

Sim, a realidade é a mais espantosa e formidável. Através do mesmo periódico, em que soube da passagem de extraterrestres, Assombro ficou ciente de um fato, conseqüência talvez do anterior, com o vírus sintomático do tempo trazendo o aumento de animosidade entre os próprios animais. Explico: o cavalo Malcriado matou, após uma luta, a golpes de dentes e patas, o pangaré Gato Preto, por ciúme da égua Babalu. Em face da preferência amorosa da fêmea pelo pangaré — conjetura-se. Talvez pelo desequilíbrio que os extraterrestres sulcaram no planeta, com a contagiosa respiração do pesadelo. O fato é que, sem antecedentes entre eles, de ódio ou fúria, Malcriado saltou o curral e atacou Gato Preto, letalmente. E nem o gênio de Shakespeare, que decantou o ciúme de Otelo, chegou a constatar o efeito da presença extraterrestre, ou a veemência do ciúme na estirpe eqüina, comparável à dos homens.

Em outro recanto de Assombro, o delegado de polícia indiciou e condenou à morte um boi que invadiu uma plantação de feijão. E não sei ao que mais lastimar, se ao delegado, se ao boi. Não estariam os animais mudando seu comportamento, ao imitar a beligerância humana? Ou as espécies sofrem do mesmo zelo e irracionalidade do tempo? E o delegado, que incriminou o boi invasor, não teria percebido, talvez, essa mudança das belicosas espécies? Ou inovou quanto ao alcance e a competência das policiais indagações? Ou a ignorância a respeito dos animais é o prenúncio de um pesadelo que a humanidade ainda sonhará, a de os bichos irem substituindo os homens? Neste processo de substituir e substituir, eles serão também substituídos. Pelos seus próprios pesadelos. Na grande noite.

O futuro do mundo é mais irracional do que as bestas. E nem cabe sequer farejá-lo. Se já está tão perto de nós.

Não posso perder o senso de realidade, que é o senso de viver em Assombro. E o senso de farejar o invisível é mudável com o senso de sonhar.

"A distância, em si mesma, é invisível" — afirma Berkeley. Mas se traço com a mão o círculo, desenho o fundo que torna a distância visível, aproximo os objetos remotos. Crio a paz entre as coisas. E nos reconhece como um bicho, a distância, com os olhos do ar. Desde a sua meninice até a conformada madureza.

Malaquias foi com Jurandir à minha casa. Tendo deitado tarde, deixei-me ficar na cama, entorpecido pelo sono, sem o tácito repouso que dormir mais cedo nos concede. Assombro levantara bem antes e atendia os afazeres de limpeza e cozinha. Jurandir e Malaquias insistiram na campainha. E Assombro fê-los entrar. Esperaram-me. Ao ver-me, Jurandir, eletricista, encanador de água, disse ter trazido Malaquias para eu acompanhá-los à polícia (Joanes, o delegado, fora companheiro de marinha). Seguimos em meu Volks branco. Observei Malaquias no percurso, pelo espelho. O que puxava a atenção era o relógio de ouro brilhando no pulso esquerdo e a barba cerrada sobre o queixo. Era gerente de uma fábrica têxtil, Arandela, e ambos foram avisados do assassinato de Juliano, tio de Malaquias.

Joanes, o delegado, nos acolheu, tranqüilo, sem esquecer a rude palmada no meu ombro, atrás da mesa abarrotada de documentos e inquéritos. Malaquias contou como Juliano fora achado: as pernas quebradas e o peito crivado de chumbo no sofá de seu apartamento. Com dois buracos azuis e vivos como aranhas. Aparentemente tivera alguns objetos furtados, e as circunstâncias eram desconhecidas. O delegado, de olhar duro, rosto afunilado, quase sem pescoço na cadeira, que girava, ouvia com paciência, fazendo aflorar, sob o terno, a burocrática barriga.

— Juliano era militar aposentado, no posto de coronel. Cara

avermelhada, fechadão e violento — acentuou Malaquias, com emoção. — Vivia sozinho, desde que minha tia Sueli faleceu — rematou, não sem antes pedir severas providências.
 Policiais foram enviados ao local e eu fiquei em casa, cogitando, cogitando, assim que os larguei. Não conheci Juliano. Há uma loucura na morte que não distingo. Um poço. Algo impenetrável. O assassino provavelmente confessará, velho de remorso, ou se evadirá, entre as provas, ou talvez o caso enferruje e desapareça nalgum cemitério de processos-navios. Porém, nada me argumentava contra o fato de ser o tempo o real assassino. Usando de outras mãos, outro rosto. A precisão dos tiros era a mesma. Não vi o morto, nem sua lividez. Não quis. O morto era o próprio labirinto. E eu me recusava a nele entrar.

Aprendi, desaprendendo e vindo. Não há grandeza, se o infortúnio é o chão do tempo e a vida se apequena ante o abismo.
 E como posso convencer o tempo? Continuarei imaginando. Os presos da Cadeia de Assombro, tentando uma fuga em massa, construíram um túnel de dois metros de altura, com a extensão de quarenta metros, debaixo de uma escada que servia como depósito desativado, a partir de um buraco na cela 12. Escavaram, já passando sob o primeiro alambrado que rodeia o pavilhão. E atingiram o segundo. Foi quando o tempo os perturbou. E viram que não fugiam da prisão, mas dele, o tempo. E que, por mais que escavassem, não ultrapassariam o segundo alambrado, limite imposto aos vivos.
 A sentença tinha que ser cumprida sob a terra ou no túnel. E não era obra de homens, ou anjos. Mas de um destino que, implacavelmente, os encarcerara. E quando se julgaram reais, estavam todos reclusos num pesadelo.

Acácio, o delator. Fingia-se amigo, telefonava, enviava cartões, tinha condutas fidalgas, exceto com sua mulher, Felismina, que não se pejava de ofender, mesmo em público. E a pobre nem respondia. Ia engolindo a asma, o temor.

Esse abominável homem das neves — assim o apelidara o pacífico Orlando, eximindo-se dele com os pretextos mais pueris — vinha da estirpe dos Ramires, cujo pai, o Ramirão, era honrado e virtuoso. E tal filho não pode ter saído de tão ilustre progênie. Ou talvez fora parido num momento de ressaca. E tão atado estava, de mãos e pés, à memória de seu pai, que era simulacro e limo.

Tinha a prenhez jurídica, mais no afã de bajular os autênticos mestres do que lidar com as causas. Purgava os juízes, espelhos de seu rotundo rosto, com petições retóricas. E as adoçava depois, em fala, no ventroso ouvido da justiça. Delatava, porém, nas horas vagas, ao poder mais próximo. Aborrecia-se com a própria e fatal mediocridade.

Devoto de Francis Bacon, sem seu gênio, para ele, realmente, "há pouca amizade no mundo e menos entre iguais". E sua fala astuciosa, por quanto tempo o esconderia? Quando pensava vencer, coberto de logros, a palavra o compeliu a vagar de máscara em máscara, por um corredor sem possível saída, fugindo já sem fôlego, sem mais saber do verdadeiro rosto.

Entre os presos, a delação é crime, e entre os livros, silêncio. Talvez pudor, vergonha. E Orlando, o pacifista, teve compaixão dos apenados. Lançou no jornal *A Ordem*, uma campanha. "Há que recuperar os sentenciados e não destruí-los. A sociedade se obriga a dar-lhes condição, para que se reabilitem. E por que não ceder-lhes terra para o plantio de cereais, com a experiência da permuta? Ou devemos continuar a recusar-lhes a cidadania da alma?"

O apelo de Orlando foi ouvido, a começar por Tibiano, o juiz. E não posso suprimir seu ímpeto de generosidade, ao assinar a portaria que o jovem promotor, Dr. Ivan, levou-lhe em mãos, autorizando esse serviço externo. E o Prefeito Euzébio aquiesceu, com terra, arado e cestos de sementes.

Davam-lhes de volta sua memória, a fruição de sentidos que as mãos rompem nas entranhas do solo. E o imaginar secreto de que o tempo caiu morto.

O grande número de velhos e de mulheres superava na população os rapazes, adolescentes e crianças. Um antropólogo urbano, Tizon, previu o rápido advento do matriarcado, eis que as mulheres não só assumem postos importantes, como serão neles, em breve, maioria. Não pela lei do acaso, mas pela obstinação, competência e dedicado esforço. E Tizon não era um bizarro visionário, desses que se atêm aos sonhos para não perecer na razão. Também creio nisso. As civilizações, quando cansadas, antes do completo esgotamento, procuram suas mães, retornando a uma meninice eterna.

"A memória é a observação dos velhos" — para Swift. E, como Assombro tem grande número de velhos, desenvolveu uma memória sem precedentes. Uma memória futura de coisas que nunca sucederam. Poderão suceder, quando lembramos. Ou sucederão, se esquecermos simplesmente, como se jamais as tivéssemos acionado.

O tempo é ignominioso, porém a sua memória, não. Descortinando esse raciocínio, olhei repentinamente para minha mulher, que segurava a pata inquieta de Tabor. Seria ele o tempo?

— A memória se dilata, se nós a usarmos muito — observou-me Assombro. — Como um órgão, ou músculo exercitado.

— Ou talvez para ficar tão grandona e atlética, que comece a sair de nosso cérebro — aduzi.

— E seu tamanho tornar-se-á descomunal, como se criasse uma esfera saindo de outra e outra — Assombro alongava o raciocínio. — Então uma memória se reproduzirá em outra, como espelhos que se confrontam na luz que passa entre eles.

— E os velhos terão memórias que não mais lhes pertencerão. Como esferas se deslocando em outras esferas, irão rodando e subindo — admiti.

Na medida em que Assombro e eu desdobrávamos a imaginação, ela inventava signos. E as esferas em rotação subiam.

"O que será dos velhos sem a observação da memória?" Via de repente que o excesso de memória, ou a esfera das esferas, apenas desencadeava o excesso de esquecimento. E este não desencadeava nada. Como se nos prolongasse, de lance em lance, para o futuro.

XV

Os juízes de Assombro: Tibiano e Filomeno. Tibiano atuava na área criminal, com a obsessão dos brocardos latinos. O réu Tinoso. Filomeno julgava na área cível. Sustentava a lei do menor esforço.

Dois juízes de carreira, em Assombro. Um criminal e outro cível. O primeiro era Tibiano e o segundo, Filomeno. Quando o povo nomeava a justiça do povoado, não referia o *j* da justiça, mas o *f*, talvez, de final dos tempos, que não se agregava à falência dos sistemas, nem ao apodrecimento do silêncio.

Tibiano era culto, gordo, assemelhava-se a uma tartaruga-alaúde, espécime raro — não na altura (chegava a um metro e oitenta centímetros), mas no rosto com o queixo em forma de gancho e nos hábitos lentos, pesadíssimos. Era o juiz criminal e não se podia negar-lhe certa dose de misericórdia. Seu trabalho não rendia. Perseverava. E punha um crucifixo sobre o estrado, na sala do juízo. Esse crucifixo se mexia, conforme o movimento de seu pé. Se ele visse alguma testemunha derrapar nas contradições, dizia:

— Olha o crucifixo! Se ele se mover, você está mentindo!

E o crucifixo se movia diante da testemunha apavorada. E confessava nada saber ou que fora industriada pelo advogado. Era infalível o método. Só que nenhuma dessas pessoas que eram ouvidas dava-se conta de que o crucifixo tinha olhos e não via, ouvidos e não ouvia e boca que não falava.

Se Oriondo, Clárido, Pórfio testemunhassem, não temeriam o judicial crucifixo, nem o pé judicioso. E o universo persistiria o mesmo, entre inocentes, culpados, algozes e cúmplices.

Outra característica de Tibiano era a citação de aforismos latinos decorados na universidade. Se era tardo em julgar, não o era em citações. Quando o réu estava aflito, trêmulo: *"Abyssus abyssum invocat"* (O abismo chama o abismo). Ao pressentir a inocência do imputado, aconselhava-o: *"Abstine et sustine"* (Abstém-te e suporta). Quando adivinhava a culpa delituosa, admoestava: *"Ex ungue leonem"* (Pela garra se conhece o leão). Durante os decisórios, ditava à escrivã Berenice, que o adulava ou agia com ele, entre loirice e sedução, vincando as rolas faces: *"Gratia argumenti"* (Pelo prazer de argumentar). E as sentenças se entremeavam de ornatos e bom senso, que é a sabedoria na gaiola da lei.

— Ou a lei na gaiola do vento — diria Novalis, tão presente na memória de Assombro.

Tinoso foi pego em seu sítio, com plantação da *Cannabis sativa*, a mesma substância que a esposa de Sândalo achara inofensiva, considerando injusta sua proibição legal. Tibiano refutava com a exclamação de Cícero: *"O tempora! O mores!"* (Ó tempos! Ó costumes!) O réu foi preso e interrogado. Tinoso justificou: "Eu não sabia ter plantação de maconha no meu sítio. Jurava que eram pés de aipim."

Foi quando o crucifixo saltava na parede, como os apalermados olhos de Tinoso.

— A justiça me confunde — dizia Orlando. — Os sonhos, não.

Filomeno, judicador do cível, era baixo, magro, de fala sonolenta e preguiçosa. Seu desmazelo era tamanho, que vinha ao foro de camisa e chinelo. Não gostava de julgar. Os processos enchiam o armário de sua sala, as poltronas, o chão. Dizia: "A justiça precisa ficar no chão, para não se levantar mais." Ou: "Os processos são bêbados que dormem no assoalho."

Guardava processos até debaixo de sua cama, no Hotel Ginete Verde, onde residia. Cada processo era abóbora ou melão. Bichado na casca.

E Filomeno, sem angustiar-se, abrigava bezerros e zainos pensamentos, todos lerdos, numa teoria renitente, como a coriza em seu nariz inchado. Falava às partes:

— O processo só tem um juiz, o tempo.

E argumentava aos advogados, diante dos feitos murchos e os autos ancestrais:

— O tempo é quem decide, não eu.

E aumentavam os processos sem solução. Nenhuma das inovações de Cratus, o jurista, eram seguidas. Porque a inércia medrava.

— O que nos governa é a lei do menor esforço. — E, com muito esforço na frase, sussurrava, como se empurrasse, na fala, os dentes: — "A fuga da culpa é que conduz ao vício", escreveu Horácio. E a falta de julgar "é indulgente com os corvos e não dá paz às pombas".

A pertinácia teórica de Filomeno avançava sempre sobre o seu trabalho, como urtigas no vale. A ponto de sustentar — e o fez numa reunião de insignes juristas:

— A lei do menor esforço, a minha lei, achou sufrágio num poeta de quintanares versos, em seu volume *Da preguiça como mé-*

todo de trabalho. — E mostrou o livro sublinhado com lápis vermelho e leu um trecho: — "A preguiça é a mãe do progresso. Se o homem não tivesse preguiça de caminhar, não teria inventado a roda."

E Filomeno completava:

— Se não tivesse preguiça de julgar, não haveria o direito, nem a jurisprudência. E se não se pautasse pela preguiça, estaria decidindo com o desvario da pressa.

E eu ia pensando com os botões de minha camisa de preceitos: "A preguiça é cúmplice do tempo, e esse juiz, o seu profeta."

Talvez Bernard Shaw é que tenha o raciocínio certeiro sobre a nossa doente civilização: "O que pode, faz. O que não pode, ensina." O que não faz, nem ensina: esquece.

Ao nos encontrar, num dos bares do povoado, veio o juiz Tibiano em direção de nossa mesa e pediu licença para sentar. Eu estava com Assombro, que me chamava de menino e sorria. Eu tossi, tossi nervoso. E o magistrado sentenciou um dos seus aforismos latinos: *"Amor et tossis non celantur"* (O amor e a tosse não se escondem).

Décimo

Livro do caminho

XVI

Os abades farfálios. De como vendiam bulas de vida eterna. A morte de um amigo, por um raio, e a descoberta do Livro do Caminho mudaram sua vida. Textzel, comissário dos negócios de indulgências da Santa Madre. Martim redigiu seu livro — Paradoxos. Perseguido e excomungado, queimou a bula e os livros de direito canônico e os pontifícios decretos numa fogueira. Traduziu, popularizando, o Livro do Caminho.

O sonho é uma caverna de águas e ventos. Se está dentro de mim, pode empurrar-me. Ao acordar, eu sou maior que ela. Ao deitar, me domina.

Novalis costumava dizer que "a vida é uma enfermidade do espírito", ou que "os sonhos possuem tal maleabilidade, que podem penetrar em qualquer objeto ou converter-se nele". E o que vou descrever é atravessado pelos sonhos.

E depois recordei o que Novalis escreveu para Pórfio, o novelista: "Os textos devem ser regidos por associação, como os sonhos." Será um sonho o que estou a relatar?

Entre os monges farfálios e Martim Worms, concordarei que "o artista é um mago da demência". E se a demência é o cimo da paixão, que fazer com os pesadelos?

Como a jaca, corta-se o pesadelo até o núcleo, então é severo e dúlcido sonho. Corta-se a medula da morte até o centro, é a mais tenra palavra. Porém, cada objeto pode lembrar o paraíso, se nele sonhamos. Catarei vestígios e lembranças. Talvez a história de como era o Éden antes do Anjo, de espada flamejante. Estamos em Assombro: vamos aos farfálios.

Tais abades eram de uma subterrânea confraria de anões, com o mosteiro na rocha, imbricado nela. Tinham os olhos imensos, sem pupilas. Maiores do que o resto de seu corpo disforme. Usavam aventais de couro e cinto de arame farpado. Mendigavam pelas redondezas, os suplicantes. Não eram: distribuíam bulas para a vida perene. E se encerravam nas catacumbas do mosteiro, fiando as indulgências. Nunca eram plenas, apesar de plenárias, pois a Relatividade, descoberta por eles antes de Einstein, atomizara a Ordem de partículas ativíssimas. E os ratos com eles repartiam indulgências eternas. Sem ser uma Ordem qualquer, as indústrias se multiplicavam, com borlas de salvação. E quanto mais arranjos matemáticos se deduzissem na luz, mais os ratos amealhavam apetitosos queijos.

A linha reta no espaço-tempo era o terreno pétreo do mosteiro. A massa do sol arqueando o espaço-tempo, certas jaculatórias ditas em tom suave. E assim se desenhavam sombras na parede contra a candeia aguda, levantada. Novenas que se deslocavam dos lábios proporcionavam aos fiéis, em órbita, o limbo, sobretudo às crianças (des)almadas.

Uma mecânica se tramava nos buracos celestes da abadia. Vendiam, após a papal chancela, algumas graças curvas, outras bentas. E o dinheiro coroava de raios alumiantes o campo (gravitação) da alma. O universo expandia-se: tendas de medalhas, santinhos e promessas, ficando as coisas imóveis, relativas. E os ratos se fartavam nas crostas do absoluto.

"O outro Absoluto ainda persiste" — asseverou Martim Worms, profeta do Deus vivo. "Mas essa é a fauna mais indulgente."
Ratos correm pelas fendas.

Martim Worms, teólogo, ou Martinho, como era conhecido, filho de aldeões, lutava, obstinadamente, contra os cárceres que tentavam prender o espírito divino. Sua vida cumpria o que um pensador assinalou: "Enquanto há cárceres, não importa muito quem está dentro ou fora." Importa é derrubá-los. Defendia que "o justo vive pela fé" e procurava um corpo vivo, que o sustentasse, onde fosse. "Certamente a igreja existe nalgum lugar" — dizia.

E pela fé não atravessava montanhas sem nome. Para transitá-las, precisava dar um nome. Descobrira a palavra e a palavra o descobria dentro da biblioteca de um mosteiro, entre vetustos e grandes livros, com olor de mofo, em couro roído de vermes. Era o Livro do Caminho.

Monge agostiniano, professor universitário, presenciando a morte de um amigo, ao seu lado, atingido por um raio (que passou rente a ele), em temporal furioso, despertou para o mistério da salvação.

Morava numa casa grande, em forma de trombeta, com detalhes de castelo medieval. E a trombeta foi do Arcanjo que anunciou o Segundo Advento, soprada na luz, vergando o mundo. A luz é mais astuta do que a morte. Soprava a luz no som. Em capinar molhado e se apurando. Virando a cerração.

E a terra, criatura, dançava.

"Abençôo os que te abençoarem e maldigo teus amaldiçoadores" — lera no Livro. E as indulgências, como corvos em gaiolas, eram vendidas pela confraria dos farfálios. Textzel, condenado como fornicador na corte eclesiástica, foi absolvido e elevado a comissário dos negócios de indulgências da Santa Madre. Rufavam tambores e a procissão se derramava, com o ruído de campainhas, até a catedral, onde, à esquerda, havia um cepo de fechaduras e selos com um cofre de moedas. À direita, uma mesa com montes de pergaminhos. Ali borboleteavam indulgências. Atrás, o contador delegado pelo banco para vigiar a coleta. E o crucifixo colado a um pergaminho, que enumerava pecados, com o ajuste do perdão. Sodomia, sacrilégio, bruxaria, parricídio, rebeldia e outros. Com pecados a escolher em favos. O reino eterno posto em feira de oboés e aranhas. Cada pecado: um preço. E a ladainha final mais convincente do papal emissário, sobre o púlpito: "Deixareis de obter, irmãos, uma procuração da Madre Santa, para entrar no paraíso e ter as credenciais da salvação?" O povo o escutava, crendo firmemente. Mas alguns se desgostavam, aturdidos com o espetáculo, entre vergonha e medo.

E as moedas tilintavam salvações e bífidas serpentes. Martinho recusou. Tinha a palavra. Recusou. E aos cegos foi clareando nas letras, em luminoso braile de consoantes, vogais, ali no casarão-castelo, com um longo cano de salas, cuja boca é chifre de carneiro. Sopra. Traduzindo sinais e árvores, montes, rios, enigmas. Abrindo, no fulgor de sua trombeta, falas e ouvidos. E a palavra — da mão à orelha, da manhã de olhos aos pés da tarde, em fogo desabou — engatilhada. E depois disparou como um cavalo chegado na porteira.

Veio-lhe este sonho: O Livro do Caminho, seu tesouro, em língua de trovão, assentava-se no rio Eufrates, banhando o Éden. "Abençôo os teus abençoadores." E seguiam tranças de gerações sobre a nuca e a cabeça da noite.

E ao orar a palavra, sob o casarão da lua, com a trombeta de estrelas sobre os lábios, enfrentou o demônio, face a face, que arrolava culpas — inveterado não de nãos. Martinho enfrentou. Com a palavra baleou: ele fugiu. Fugido, fugirá. Em círculo, o Anjo vinha, erroso entre as linhas da celestial esfera.

Quando vertia do grego ao alemão o Livro do Caminho, era levado em fogo ao trono e a luz ia educando versículos e cânticos. O espírito manava dos capítulos, e o invisível era um rio sob outro. E se abismava ante o desconhecido. E, ao reboar a trombeta, inflando o seu casulo, o pio luzente do dia vinha, revinha, principiava o juízo.

Martinho redigiu seus Paradoxos:
"Não somos nós que raciocinamos, mas o espírito."
"A luz soprada reverdece a alma."
"Quando olho a cruz, eu vejo o raio."
"O inimigo se abate com a alegria do homem, como a neve com o sol."
"Há que ter fé na palavra, como um cão olha o seu dono."
"O fogo é a provação da obra. E, por ele, nos salvamos sem o terror da lei."
"Temos a alma roída pela sede do Deus vivo."
"O delito original está na alma, como a barba no rosto".
"O começo de todo o conhecimento é a surpresa, e aquele que o busca só descansa, quando houver achado."

Martinho, de olhos penetrantes, brilhosos como faca, e o rosto duro, duro, ossudo, tinha as pálpebras semelhantes às do lobo. Vociferava:

— Por que o Chefe e Pai dos anões farfálios não libera gratuitamente as almas, por um sentimento de misericórdia e não por dinheiro?

E assim arrostou Cayetano, o anão-emissário:

— O poder farfálio e papal não é ilimitado. Sujeita-se à palavra. — E não se arreceava, mesmo tendo calos na razão. E a

palavra enfiada na culatra, tugindo, despontava. Cayetano retirou-se.
Depois veio a ameaça de ser queimado na fogueira. E não recuou. Foi arrostando. Sem gastar a mira ou pontaria. Trabalhava a palavra pela alma. Trabalhava, trabalhava a alma por dentro. Até não haver mais fresta de alma. Até não haver mais não.

Perguntado se acreditava no que pregara, disse "sim", ao morrer. Responderia sempre. Perseguido, expulso do mosteiro e da sotaina que se grudara à pele de sua insônia, excomungado como herege, Martinho queima diante do povo livros de direito canônico, pontifícios decretos. E, corajoso, exclama contra o dito chefe dos anões:

— Que te consuma o fogo, por desonrares a palavra!

E os símbolos queimavam as imagens e indulgências na fogueira do universo. E o Absoluto o puxava com sua hélice. Puxava. E nós o cercávamos, com Oriondo, Lucas, Mateus, Dimedes, Pórfio, Orlando, Almado, Plácido, Catalina, sua mulher. Caía a luz e subia em ondas, rodas. E era um sonho que perseverava. E os sonhos ardem, sofrem e se refazem com as criaturas e as vinhas. Dividindo o pão, aquele povo trocava entre si vocábulos, sementes, bens. E Martinho jamais envelhecia no menino.

Alaor pertencia a esse povo, onde Martinho, por sonhos e visões, fora escolhido. Deus fala, quando o homem dorme (ensina Jó). E quando se levanta.

E era imperioso o amor, que não tinha um balaio de maçãs e a santidade airava na palavra, com a alma cheia de levitações.

Alaor, ao orar, glorificando a criação, num grito, de repente alçava vôo. Ou pousava na testa da oliveira, ou estancava no ar. O êxtase prenunciava outro maior. Saía pela janela aberta e pela outra voltava. De todos se escondia, como se perpetuasse algum delito.

A santidade é uma loucura oculta. E, sendo o mais humilde, se apagava. Só Martim e Plácido conheciam o sortilégio de seus sonhos. Gostava de estar só, e, ao entrar na transição do humano para o divino fogo, levíssimo era o corpo. E a alma subia, subia ao paraíso e então tornava, sem ter mais nada, salvo o amor.

Um dia — era domingo — Alaor voou de pé, com os braços estendidos sobre os telhados de Assombro, misturando-se às gaivotas. E era uma delas e ninguém mais o viu.

Plácido era aparentemente incapaz de aprender, como se tivesse tal abstração, que tudo o que lhe era ensinado pelo mundo voasse para fora. E o que mais apreciava, de menino, era estar com os bichos, aves, flores.

Tido por idiota pela mãe, enfermo, auxiliado por amigos, às vezes um cesto de andorinhas, entrançadas em vôo, trazia-lhe alimento. E no desconhecido é que vivia.

— As andorinhas cuidam deste seu criado e parente — falava com modéstia. Participava do mesmo povo — o de Martinho. Ocultava-se aos reticentes olhos. E não aos outros — que à neblina varavam.

— A batalha é no espírito — dizia. — Deus me abrange e me guarda no seu esconderijo.

E armara uma casa, com teto de folhas, no galho seco de uma árvore do bosque na colina, com a ajuda de amigos. Guardavam eles seu segredo de levitação. Plácido não subia no domiciliar galho: voava. Quando os pardais almejaram levá-lo para a altura, não concordou. E havia um precedente, o desaparecimento de Alaor. Como se o devesse substituir. Deus humilha as coisas grandes com as pequenas. E ele era, de todos, o menor.

Teve o prodígio de um Anjo abrir-lhe a mente, num estalo de relâmpagos, pondo sabedoria, como balde na fonte. Não sei quando. O que interessa é a experiência incubadora dos arcanos na idéia.

E o choque é o mesmo da recuperação da memória. Penetrando noutra memória anterior, a da espécie.

— Principiei a ser árvore com brotos e pensamentos novos — brincava. Assegurando: — Furo trevos, limos e relentos de escuridão.

E de tal maneira gozava o amor de Deus, com tão forte bruteza, que era arrebatado, como se ondas de antigravidade o tornassem sem peso. O que entende o homem sobre Deus? E registro: Plácido sonhava com as coisas e elas lhe apareciam, como se as fabricasse o sonho.

Sonhou, certa vez, que maduravam morangos diante de sua casa, junto à relva, e eles brotaram rubros, apetitosos.

Sonhou com peixes e Oriondo vinha com uma sacola pesada de peixes. Sonhou com nuvens e elas o seguiam, aonde fosse. Um dia sonhou com os lépidos e buliçosos sonhos, sem nenhum intermediário. E foi-se tornando um deles, tão reluzente e belo, que perdeu a identidade. Ao ser sonhado por Assombro, acordou.

XVII

Martim publicou um artigo no jornal A Ordem, *sob o título "A palavra soberana", e o governo promoveu a campanha nacional do silêncio. O Senador Soil foi mantido incomunicável, com os que o defenderam. Martim foi preso e miraculosamente libertado. Sonhos de Martinho. Até ficar palavra.*

Martinho publicou, no jornal *A Ordem*, um artigo sob o título "A palavra soberana". Falava que "o coração humano só será afetado pelo que é divino. E só podemos reconhecê-lo através dos olhos que a revelação nos dá. E o nosso Deus não está morto, ressuscitou".

E neste instante, é perigosa a palavra. O governo central, inerte entre o progressivo escambo e o derruir dos bancos assemelhados a geringonças burocráticas, podia ser derrubado no baforar de vocábulos, como um monte de feno. Martinho não era político. Ao golpear no espírito, tirava a tampa das tempestades. Ou era um tigre foragido.

E o governo promoveu a campanha nacional do silêncio, que se derramou aos poderes legislativo e judiciário. Até o silêncio, ao ser forçado, é labareda. E ficou tão séria essa interdita circunstância, que o Senador Soil, foi mantido incomunicável, por ter falado pela televisão, quebrando o silêncio. Incomunicáveis estão os que o defenderam, postos fora da circulação política — esta malha, com linhas furadas pelos ratos.

— O decreto do silêncio tomou cores de bem-estar coletivo — trilou o prepotente governante, que não se instalava na mudez exigida a todos. — E o decreto do povo é estar em Deus — salientou demagogicamente.

É verdade que Martim não acreditava nisso, nem eu. E outros tantos silenciados. Como é intolerável, para alguns, a realidade.

— Estar em Deus é intimidade da palavra — ponderava Martim.

E não esperou muito. Certa noite, foi clandestinamente visitado por policiais, com ternos civis, convidando-o para acompanhá-los:

— Terá tempo de botar na maleta algumas roupas — um deles aconselhou, misericordioso. Haverá misericórdia no tempo de penúria?

E Martinho, com o Livro do Caminho em uma das mãos e a valise na outra, foi levado cativo. Outros o seguiriam. Enquanto seu povo intercedia e a palavra se abastecia de vida, com a energia das plantas, ao amanhecer, um Anjo retirou as correntes dos pés de Martinho e abriu os portões e ele foi para casa, onde os compa-

nheiros moviam o moinho dos céus, como de uma pedra (redemoinho). Ao vê-lo, espantados se alegraram. E Martinho falou:
— Para as coisas entenderem, forçoso é desampará-las.
E o silêncio foi engolido, a palavra não. Nem os pássaros, as tempestades, os ventos. Como retê-los?
Martinho disse:
— A palavra é grão. Se não perecer, enterrado, não reverdece.
E todos víamos os brotos, as seivas, as tenras folhas. E a vida pulando da morte.
— O homem é uma árvore que fala — afirmava. — Árvore de um grande tronco, o horizonte.

"Lembra-te que todas as coisas giram e voltam a girar pelas mesmas órbitas e que para o espectador é indiferente vê-las um século ou dois ou infinitamente" (Marco Aurélio, *Reflexões*). A primeira parte não passa de uma repetição do Eclesiastes; a segunda trata do esquecimento do tempo ou talvez a visão na perspectiva de Deus.
As coisas giram e voltam a girar pelas mesmas órbitas. Martim foi de novo procurado por dois agentes policiais, em sua casa. De novo preparou a maleta, carregando junto o Livro do Caminho, e foi preso. Quando orava na cadeia, caindo em êxtase, sonhou que estava dentro do sonho de Plácido e era levado perante o trono de Deus. E ouvia: "Breve, estarás comigo."
Ao sair do sonho de Plácido e sair de si mesmo, um Anjo novamente arrancou os grilhões dos pés e descerrou-lhe o portão e ele vagueou livre — esta vez — para a sua casa. A prisão continuou fechada por fora e o cativo se evadira. Sua mulher sorriu, ao revê-lo. E as coisas giram pelas mesmas órbitas. Deus é o futuro. E, para Ele, "um século é como um dia", e não lhe interessava qualquer diferença de um século ou dois ou infinitamente. Então desenhou, numa longa página branca, o círculo e pôs outro dentro e escreveu *Amor*, *Deus* e depois *Martim*. E o círculo começou a

girar da página ao espaço. E a palavra é que repetiu seu nome. Depois de todas as coisas girarem pelas mesmas órbitas, adormeceu.

E de novo Martinho sonha e vê o rio que mana do Éden, separado por quatro fontes. E escuta: "O rio é a palavra que se entorna pelas fontes do sonho." E vê o círculo de água na água, em refluxo. Era como se a esfera o envolvesse, onde nada mudava e o torvelinho fosse repouso. Fosforeou a palavra e principiou a emergir, sustentado por ramos de água. E era um circuito que não tinha lembrança de mais nada, entre cometas ondulantes e convulsos signos. Até a esfera se fechar em si mesma como uma caixa. E o Éden tinha um rio que corria e ele, Martim, corria junto, corria no impulso de uma luz primordial e sem teias, raízes. E coisas primevas desciam no eflúvio e ele não mais se apartava da luz, quando acordou.

— És um reformador, Martim — disse um de seus companheiros.
— Sou um cavalo cego, que não sabe aonde o leva seu ginete — respondeu. E completava: — Deus me guia e eu o sigo; Sua obra é a minha.

Martinho, muitas vezes, foi achado orando pela igreja com pranto, gritos e soluços. Pressentia: "Suporto um combate de morte por muitos homens."

E até seu pai, ancião, ao morrer, foi interrogado:
— Crês no ensinamento de teu filho?
— Teria que ser pessoa de pouco valor para não crê-lo.

Martinho admoestava, com veemência:
— Se matas o símbolo, matas a palavra. E o que se mecaniza perde a graça e o poder.

Aos mais íntimos:
— Nasci para arrostar monstros e demônios. Preciso de-

senraizar árvores, mover rochas, contemplar por vias novas a espessura do bosque.

E a roda continuava a girar e foi preso outra vez. O silêncio imposto (era espaço: ocupa-se na imaginação). E desenhava o círculo. E um Anjo o liberou novamente. Era maior que o cárcere. Um dia não foi preso mais. A morte era aldeã, como ele: não lavrou o solo, nem o regou. O pesadelo caiu do sonho como um fruto, cujo caroço envelheceu. Mas não era mais. Despediu-se dos irmãos, de Catalina, sua mulher, e a luz baixando foi. E o tomou, radioso, desaparecendo. A luz se esticou do casarão ao céu como uma chaminé. E ele foi indo: alva fumaça da alma. "E o sonho é insuflado com as bocas acesas." Martim era um círculo. Até nada mais ser a morte. Já era palavra.

XVIII

Ler um texto. Processo circular e suspensão do tempo. Carta aos loucos de Deus.

Ler um texto não quer dizer ler a luz. E escrevê-lo é consumar a esperança.

Minha mulher estava na cozinha, junto às vibrantes panelas. Preparava um prato de bacalhau com batatas. E o cheiro me puxava as narinas. Comemos na mesa da sala, e o ar ia crescendo com os olhos de Assombro. "Meu amor", eu disse. "Quando amamos, somos nós que acendemos a lua." Ventava um pouco e dormimos com as janelas abertas. E o ar encanado era o bocal de uma corneta errante.

E nos amamos. A nudez só tinha pátria e estrela nos corpos que remavam pela canoa de alma. E era bom e suave mergulharmos juntos.

O processo circular cria uma imagem que pode ser real ou inventada. E, na esfera, o tempo se contrai ou dilata, com as pontas no prazer ou na agonia, o gozo de engendrar sendo engendrado. Indo ao encontro do termo das pequenas coisas. E, na redondez deste girar informe, era preciso atiçar com o ferro as brasas e atiçar, atiçar a primavera.

E o sopro de Deus plana e as águas se alinham sob os céus como lâmina em outra. E a linguagem nomeia a si mesma no evaporar da criação, inexistindo medida para o silêncio. É quando o início e o fim do círculo, imagem da perfeição divina (para Platão), tornam-se indistinguíveis, pois o fim é começo e o começo, término, ou término do começo. Suspendendo o tempo que se movia como um plasma ou bicicleta sem aro na roda de mundos. O tempo pára e não há vida, nem morte. O puro instante da seta no arco, a paralisação da esfera no eixo dos planetas.

E o círculo é por mim riscado nesta página, e dentro escrevo *Assombro*. E, entre o povoado e a mulher amada, digo imagens, digo, digo. E não sei, não sei mais morrer.

Carta aos loucos de Deus

A obra do Espírito requer uma segunda infância e necessita de milagres (parafraseando Swift). Mas não escrevo aos frios ou mornos de ânimo, ou aos filhos da cartesiana lógica. Escrevo aos albatrozes, ou *loucos de Deus*. O Senhor "escolheu as coisas loucas deste mundo para confundir as sábias" (Paulo). E não é o albatroz a visionária loucura no convés do navio do paraíso? E as coisas giram e voltam a girar pelas mesmas órbitas.

Fui avisado de minha partida e a nada ignorei. Deixo a Plácido, nosso irmão, como sucessor. E me vou na alegria maior: contemplar com estes olhos o Deus vivo, de eternidade em eternidade. E as coisas giram pelas mesmas órbitas.

Se o paraíso, após a queda, guardado pelos querubins, aponta para outra espada, mais fulgente, a Palavra, ao nascer de uma mulher o Filho do Homem, tornou-se a espada, junto ao paraíso, tocada no seu sangue, abrindo a porta das ovelhas. E as coisas giram pelas mesmas órbitas.

À feição de Jacó, que lutou com o Anjo e não o deixou sem que o abençoasse, somos ousados, capazes de, pelo Espírito, mudar as horas, dias, seres, coisas, bichos, montes, rios, vontades. E as coisas giram e o Espírito nos toma e nos leva aonde quer. Obedecemos. E a reprodução prodigiosa da palavra, com a fé dentro do corpo (as rodas giram), é igual ao universo criado e transmudável pelas mesmas órbitas.

Não existem bulas e herbários de vida eterna. Não se compra, permuta ou vende — o que de graça nos foi concedido. Selada em nós, tem labaredas de Deus. E aos loucos dessa ciência mais alta, com a sabedoria que não aniquila e o poder que afasta o mal, prevejo o avivamento. Coxos e paralíticos andarão pela Palavra, cegos verão, enfermos serão curados e mortos ressuscitarão. Mesmo que o universo gire pelas mesmas rodas.

E quem suportará a voz de Deus, quando vier e se aproximar? Moisés tremeu, o monte Horebe fumegou e nós liberamos o poder deste invencível fogo, com a experiência parida de ouvir e ver. E se narro, prescrevo. Giram as coisas pelas novas órbitas.

Quando for escrita a história das imagens, símbolos, metáforas, será avaliada a verdadeira história da fé. Só cremos numa inteligência, a da luz, e não há causalidade no milagre. Mas energia, esplendor. Não giram mais as coisas. E o sonho está olhando pelas novas órbitas. A Palavra me vê e roda, roda: é outra infância.

(Derradeira carta deixada por Martim. Como *post-scriptum*, riscou um círculo e, dentro, pôs seu nome.)

XIX

Plácido acatou a missão deixada por Martim. Predicava por imagens. O governo central ampliou a perseguição aos seguidores de O Caminho. As rodas giram, e Plácido, levado preso, é solto.

Plácido acatou com serenidade o que o Senhor da Palavra legou por Martim. Era um dos loucos de Deus. E para evitar o escândalo ou espanto de levitar, chamando para si a atenção, encolheu-se mais no dom, servindo. Cuidaria cada ovelha de alma. Sem reter o Espírito ou desampará-lo, ele o seguia pelo rasto. Achou sua palavra: gota na mais funda água. O senso de almas é sem ocaso ou planura, ou sexo. Ao orar, a palavra cerzia coisas inescrutáveis. E as semelhanças entre dois sonhos nos aterram. O mal é criatura: fere. Vigiar nos supre a queda. E amar é o centro da criação de Deus.

— O que não aparece não desaparece — advertia Plácido. — "O que parece metade pode valer mais que o todo" — citava Hesíodo, o poeta. — "Porque as coisas invisíveis, que só em parte se desvelam, são mais poderosas que as visíveis."

Pregava aos irmãos em torno, e, se eles não ouvissem, falaria aos bichos, peixes, pássaros. A palavra batia e penetrava como a pancada de chuva na erva. E o número de irmãos se acendeu e propagou.

— A fornalha é cega; a mão do ferreiro é que cinzela a espada — dizia. — A espada só age no sangue e o sangue impele o Espírito. Mas se o infortúnio vem a pé, a alegria anda a cavalo.

E recitava Hesíodo:

— "Certos homens são como zangões sem dardos: destroem, ociosos, o trabalho das abelhas." — Sim, quantas vezes recitou,

medindo esses versos sob o tamarindo. Descasava ou amaridava símbolos. — "O trabalho das abelhas é cerzir a primavera."
E concluía:
— A cobra morde só onde a noite é um cão que fuça. Diante da espada, foge. Quem usa manhas, nelas se afunda.

Plácido predicava por imagens que iam e vinham, entre casulos:
— Se não puxares no meio de um coração banido, então como chegarás a seu fundo?
Ensinava, aos poucos, a arte de arremessar sementes. O povo escutava com os ouvidos pelos olhos e as sementes dos ouvidos. E depois se apartava para a intimidade de Deus. E às vezes, em oculto, não segurava o vôo. E se deleitava nos cimos dos álamos, a conversar com pardais, ou se abandonava, caramujando alegria e amor. Tinha os sonhos educados.

— Amar é devolver, e eu me debruço nos rumos. — E abria o Livro do Caminho. O que lia devaneava através dele, clareando. Como se os seus olhos dedilhassem cordas de água, ou fosse o seu olhar flauta.
— Amar nos faz completos. — E via a roda do Espírito girando.

As conspirações se dão em todos os planos. O governo central ampliou a perseguição aos discípulos do Caminho, como Jezabel aos profetas. A ponto de Obadias tomar cem deles e os esconder, de cinqüenta em cinqüenta, numa cova, com pão e água. Hoje, em Assombro, continuam armando covas e galerias sob as rochas. E as coisas giram e voltam a girar pelas mesmas órbitas. E a perseguição feita a Martim prossegue com Plácido; a roda e a obra é a mesma, em novas órbitas. Cessa, cessa. O tempo cessa o tempo. Plácido foi levado preso e depois solto. Preso e solto. Até que um

Anjo arredava os que o buscavam. Fulminante, arredava e eles caíam, iam caindo, caindo ao fundo. Deus faculta a graça de perceber quanto morremos. Ou como ser feliz é estar sob as coisas, sem nada. Sem. E as rodas vão girando.

XX

As civilizações se cansam e, por não ouvirem os sinais, se aproximam do desastre. De como a palavra apascentou dois cães em fúria, Tabor e Jack. A fome e os sonhos. Bernal e seu Livro das sementes. *O Celeiro Azul.*

As civilizações se cansam como os homens. E, por não ouvirem os sinais, se avizinham do desastre. E, por não acorrerem às vozes e prodígios, se esgotam. Não controlam a infindável luta de poder ou entre as classes. Só a palavra o faz e, às vezes, cala. Como um dono que, impassível ou não, assiste a dois cães, espumando, guerrearem pelo seu território. Foi o que Assombro e eu vislumbramos no pátio de nossa casa. Recebemos de presente Jack, o cão de queixo redondo, da mesma raça que a de Tabor e com um ano a mais. Logo se estranharam e se puseram a ladrar. Depois se engalfinharam, mordendo-se mutuamente. Até ser imposta a autoridade de um sobre o outro. Tabor não se rendeu, valente. Jack se afastava e de novo contra-atacava. Esses cães que tão raramente latem (e o fazem só no perigo) atiçavam-se na mesma chama belicosa.

Foi quando disse a palavra e eles estancaram o assalto. Pararam no ar. Imóveis. Por um princípio de sabedoria, demandava priorizar Tabor, fiel a nós. E a piedade discerne melhor do que o poder. Tem muitos olhos, e ele, um só. E me lembrei que o Livro do Caminho, que meditamos com Martinho, Plácido e outros, adverte por um profeta: "O leão e a ovelha pastarão juntos." E vemos Tabor e Jack se acalmarem, amedrontados. Ulrich, o que entendia os cães (pois isso sucedeu quando estava entre os vivos), ouviu Tabor confessando que um trovão sobre ele tombou, ao ser luzida a palavra, e não se moveu mais, como se lhe pusesse coleira no pescoço e focinheira na boca. Jack, por sua vez, nesse instante foi amarrado na cabeça e patas a um relume, e ali ficou cativo. Ulrich relatou-me e aceito. A loucura maior é não se espantar com os acontecidos.

E observei que, após o pavor, os dois se transformaram em seres mansos, a partilhar comida, pátio, água. E, se os animais se pacificavam, por que os homens, inutilmente, se debatem entre poder e violência? Ulrich nascera para compreender os cães, e eu não alcanço entender os homens.

A fome os entende. E saciá-la é a primeira paga das salutares fruições do corpo. Nem se dirá que é armadura, por ser posta — não sobre o peito deserto, mas no estômago.

É doutrina paradoxal: pela boca se começa a respirar. E a natureza, pelas plantas e árvores, querendo perpetuar-se na sucessão das noites, armou germes e sementes para abrigar essa perpetuidade.

Com a multiplicação da malícia entre os homens, a terra aumentou a produção de urtigas, cardos e outras rebeldias. E os animais quiseram deles liberar-se, para não mais servi-los, conspirando. E as invenções dos vivos terminam por ser invenção dos mortos.

Os sonhos se atropelaram, como bois, entre manadas. E eram sonhos, onde espigas mirradas devoravam espigas fortes. E vacas feias desfolhavam vacas formosas. E era o sonho em sonhos (quantos séculos, entre eles?), desde o que visitou o Faraó do Egito, tendo em José o intérprete, a esses outros apontados no fuzil do espírito. E ali Martim foi convocado. Predisse: a escassez comeria a fartura. Comeria. Até a fome exata.

"A economia é a ciência severa da escassez, freqüentemente subvertida pela política" — assinalava o sociólogo alemão Max Weber. Mas a fome não tem ciência alguma, e a si mesma devora. E se a fome de um povo aumenta — não há política que a possa saciar, salvo o pão, o cereal, a carne. Ninguém comerá política, ninguém comerá ciências ou economia. Só a palavra acende o que existe.

Bernal, agrônomo, desejoso do bem-estar de seu povo, escreveu o *Livro das sementes*, impresso na gráfica do jornal *A Ordem* e distribuído, gratuitamente, pela comunidade. Inventou o método de um seguro contra a fome, através de sementes. Ao lê-lo, cada letra bubuiava com signos undosos e as páginas tomavam o brilho de espelhos. Tinha pela palavra a propriedade jubilosa de unir as almas. E as almas são espelhos que atiram luz, de um a outro, como de esbraseados ombros.

E a partir dessa propriedade anímica, solidária do livro, os habitantes se aliavam com sementes de feijão, trigo, arroz, milho, mandioca, soja. E as lançavam num campo arado e fértil, junto ao flanco da colina. Depois cobriam as plantações, como se cobre fêmea: no cuidado. Depois colhiam e armazenavam os cereais num prédio imenso: *O Celeiro Azul*.

"As sementes criam outras e outras. Como os sonhos, sob o rastilho fogoso das mãos" — registrou Bernal. "Quando a semente for trabalhada, coesa, torna-se alma. E ao combinar-se ao suor e à luta, a semente é espírito" — vaticinava. E o povo de Assombro, nos períodos de seca, não padecia fome. Na fartura, afastava o desperdício. E o alimento era preservado, além das intempéries e estações.

Foi apagada a diferença entre o ano físico e o do calendário, porque o que determinava era o tempo da semente. Os que comiam laboravam. O que parecia desamparar ligava mais ainda. E tudo o que não estivesse em harmonia era revelado. Com as sementes: teias da aurora.

XXI

De como o rio primeiro apareceu nos sonhos de Martim e Pórfio e na levitante experiência de Plácido. Foi feito um círculo em torno do rio morto, e ele ressuscitou sob o nome de Orazal.

Diz o provérbio etrusco: "Não é porque duas nuvens se encontram que relampeia; duas nuvens se encontram para que relampeie." E relampeou. Secara o rio que costeava Assombro. Ali ficou terra de ninguém. Muitos anos correram e o rio se almara como Lázaro na toca do sepulcro.

Martim na palavra chorou. Chorou Orlando. Oriondo, Plácido, Dimedes, Pórfio, Novalis (tantas vezes, quando vivo) choraram. Mas o rio Lázaro estava morto. Foi então que sonhos relampearam, como nuvens que se encontram. Martim teve o sonho reproduzindo o Evangelho de João: "Jesus entrou no túmulo e disse: 'Lázaro, levanta.' E Lázaro saiu da morte." E o sonho era o rio. Pórfio vislumbrou, quando dormia, um rio vivo ativando as águas como bomba automática, um rio morto, até que esse, ave, ergueu-se. E associou tal devanear onírico às suas intuições em *As catacumbas da História*, quando prenunciou a faculdade executória dos sonhos.

Plácido levitou até o trono do Altíssimo, não sei se no leito, não sei se acordado. E, ali, no avançar de uma luz abaladora, ouviu: "Ao rio que estava morto farei ressuscitar." Os sonhos só prevalecem na palavra. Então Martim e os demais fizeram um círculo em torno da sua foz adormecida. E neste círculo foi posto o novo nome, *Orazal* (Lázaro — quando lido pelo espelho). E Martim larvou a palavra. Como no sonho. E ao "levanta-te" o rio se levantou e se alargou pelo curso com a água brotando imemorial. Era a palavra empoçada, a fonte do sonho. E os olhos se arregalaram e eram muitos olhos. E águas se acostaram no ninho da manhã. E nisso viu grande bem.

Vegetações coroaram o rio. E o trabalho escavante da draga foi aproximando o mar. Como um espelho longilíneo se derramando sobre pedras.

E vos confesso, leitores, que vê-lo fluindo novamente deixou minha cabeça cheia de sua música e as narinas com odores de maçãs. Como se me trasladasse a sua carga sensorial.

Cada vez que me abeirava do rio, vinha-me o tal cheiro de maçãs. Não descobri a origem. Os cheiros puxam outros e outros, junto às cordas do violão, o ar. E a imaginação se atordoa, a ponto de zangar-se consigo mesma.

— Ninguém dá asas a uma cobra — falava-me Orlando. O rio voa na criança que nele andou e no velho, cujo criançar feneceu por fora e tem tudo por aprender.

E o rio possui o dom dos infantes e loucos. O dom do futuro.

— Sou um pé-de-pilão das águas — diz o rio. — Por mim avulta o roçado da noite.

E praticava apenas o ato de correr, moendo. Sem ter outra felicidade menos apressada, ou mais indulgente.

Chesterton, que gostava dos paradoxos, asseverou que "o futuro é atrozmente simples".

É que as coisas simples são as que, por vezes, não entendemos. A pedra e o rio são simples. E se mudarmos seus nomes, não deixarão de ser simples. O porvir é mais simples ainda. E acontece como um relâmpago.

Assombro interrompeu esses vagares. Estava simples diante de mim e indecifrável. Como se a escrita rúnica se elaborasse nos seus olhos, dedos a tocassem e letras se fundissem na alma. O mistério é uma mulher que se povoa com as nossas mãos.

— Assombro, te amo — disse. E ela se fez ainda mais simples, com o futuro. Morosas são as coisas.

O clima do povoado é quente. E não atinge a extremos. A brisa que vem do Oceano se amamenta no rio. Mas já choveu dois dias e a umidade penetra a pele e os ossos.

Assombro ficava olhando a vidraça lamuriar:

— Os vidros são fontes.

— De outras fontes que se desabotoam do mais alto — repliquei. — Jorram como de uma montanha. — Era noite, e as comportas do firmamento estavam abertas.

Com as chuvas, que desabaram intermitentes em Assombro, o rio *Orazal* inchou como se fora um náufrago e se entornou pelas margens. O osso do céu se une ao osso das águas. E o osso das nuvens com o osso do vento se unem ao fundo esqueleto do rio. E as chuvas de sete dias e noites se enturmam aos escarlates trovões do horizonte. E o Oceano levanta a palma de muitas ondas e ao rio esvoaça tombos, estrondos.

O povoado tem casas invadidas, móveis e carros engolindo ossos de marés e os barcos pelas ruas e alguns mortos. E o céu volátil ganha asas. E se avolumam águas e se multiplicam como cavalos de sopro e musgo, recobrindo boa parte da colina. Desde o teto ao imóvel centro da noite paira o sulco de ignorada escrita.

Assombro e eu padecemos de enchente, como todos. E casas foram dilatadas pela água, tal a bexiga natatória de peixes, e os móveis se avariaram. Quando parecia espichado, o céu era elástico, prestes a rebentar, Plácido e Oriondo juntos, num veleiro, disseram o dia. E foi cessando a chuva e foi baixando o rio e estancou o universo num raio de sol. E a pomba escorregou na pata do mar. E até as vergadas oliveiras abriam seus bicos ao reboante alvor da manhã. Quando voragens se descarregavam nas garças-correntezas.

E como se nada tivesse havido, o rio Orazal continuou a correr.

XXII

De como um menino foi posto em arca de juncos no rio Orazal. Seu nome: Almado. Batya o embrulhou num pano e o colocou na forquilha da árvore. O menino foi educado por uma águia e Batya lhe dava de mamar. Cresceu e, com o apoio de Orlando e Pórfio, cursou a universidade. Conheceu a femeza das mulheres e Rosalda. Ao praticar o Livro do Caminho, Deus foi-lhe abrindo olhos, ouvidos, coração. Deus foi puxando. Morte de Batya. Até a idade da alma, ele se almou. Deixou suas **Anotações.**

Um menino foi posto numa arca de juncos betumada e a arca desceu pelo rio Orazal. E as ervas tapavam as bordas com suas alças. O menino tapou a boca do rio com a rolha de uma arca. Rilhava o sol. E o rio lembrava o que a noite dissera aos seus ouvidos:

— Rio, não tens amigos. Tuas pernas são teus amigos, tuas bordas, teus repuxos.

Ou então:

— Deves rolar sem fatigar a natureza.

E uma mulher jovem, de formosa vista e covinhas ao sorrir, Batya, que lavava roupas, junto a outras, numa tábua da margem, viu a arca de vime e lá estava um menino. Almado lhe chamou, e chorava a criança na arca e ela a levou para casa. Filhou. Almado

cresceu peralta, cheio de rio. E salvo das águas, qual Moisés, igual nome não lhe carecia. O nome é a invenção do esquecimento.
Batya o embrulhou num pano e o colocou na forquilha da árvore com os ramos.
— A vida deste menino se renovará como a seiva da árvore — disse. — O que não cresce com a natureza, enferma.
Almado não vivia sem o rio ou a terra. E as águas eram dotadas de fala e razão. E uma água se transformava em outra. O pássaro que morre é outro pássaro que não morre. E até a tempestade aprendia a língua do céu.
O menino foi educado por uma águia e Batya dava-lhe de mamar. E ela guardava o segredo de o menino voar atrás da águia, voar atrás da tempestade. A educação era passagem. Ver o invisível com o tato do coração.
— Destino é o que demarcamos — Batya confiava. E confiar não designa a alma, nem adoece os climas.
— A vida tem esconderijos — foi como a águia ensinou. — Faz-se a aljava com o dia e a flecha com o rio. Não me alcançam.
— Atiçava-lhe a águia, e o discípulo ouvia. E Almado desenhava nas paredes de uma caverna o alfabeto dos musgos e o dos pássaros.
Almado resistia ao rio, não à idade. Com o apoio de Orlando e Pórfio, vagueou na doutoral errância das ciências sagradas e profanas, longe do povoado. Aprendia veloz (asas de muita alma). E ninguém lhe delatava as doutrinas. Simples e humilde como o rio Orazal, parecia um afluente invisível dele.
Quando deslindou o poder da palavra desterrada, a palavra que não retorna só, estava se apropriando de outras coisas mais felizes.
E ao dar com o Livro do Caminho, lia e o espírito atilava o sentido.
— O espírito é quando o tempo começou a encolher. — E participava das reuniões da igreja primitiva com Martim e outros. De repente, a palavra o levava.

E foi educado pela águia, até quando o sol resolveu falar-lhe nos apetrechos da tarde:
— Aprendi a paciência com a minha luz — confidenciou-lhe. — A águia e a luz são uma só.

A dor foi nele uivando. Prazo era de ir-se apartando de Batya (sem afogar braçadas de alma em alma). E foi pegando a fábula como um besouro. Pela cauda.
— Eu quero ser capturado — comentava. — Quero ser prisioneiro do Deus vivo. — E os seus olhos se agrandaram. Montanhas dentro de montanhas. — Ser capturado é ser livre. — E assinalou: — Meu coração só bate em Deus. — E maduro estava para ver.
Conheceu a femeza das mulheres. Altas, flexíveis como os juncos de sua vinda. Redondas. E o signo que a imaginação ia figurando.
— O amor sobressalta — disse-lhe, certa vez, Batya. — O amor alteia. — E Rosalda correu no seu corpo: desaguou. Tinha cadência de barco, o amor. Deus chamava, chamava.
— Eu vi minha alma ir para Ele subindo. Não contive. Maior que eu. Mais livre. A beatitude é a relva da paixão, e fui querendo o Espírito e Ele me cercava. Volátil eu, não Ele. Voltei a voar, aonde Ele ia. Foi dado o tiro. Via Deus na centelha. E me tirou de trás — eu pastoreava. E as ovelhas brancas me fitavam, com altas sobrancelhas. Vi Deus e a colina borbulhando. Era o paraíso, o que eu levava?

Almado foi abelhando o favo do aprendido. E, entre ovelhas, curou de mansidões, curou de ouvido a solidão. Como se a palmilhasse acima das estrelas. E ele, em alma, voava para Deus. Um sinal de líquen ou fio de aragem o deslocava ao alto, ante o trono. E se foi desnudando pela morte, enquanto vivo. Foi morrendo e cada vez mais forte, límpido. Como um grão de sentidos. Enterrando se foi pelos palmos de Deus. Então testemunhava que a palavra era o centro da roda do planeta e o centro, onde o universo se entretece. Quando a águia ia vê-lo, às escondidas, assuntava das plumas para as asas. E a palavra rodava e ele arfava na palavra.

Martim, Plácido, Oriondo, Assombro e eu, com vocábulos nas mãos, sentamos numa pedra, ao lado de Almado, atento. Mais ouvi que falei. Martim se adiantava. E a palavra rodava.

— Uma luz será — profetizando. E era nova: imagem na água.

— Luz acordada e cortante como foice — atestou Plácido.

— E o tempo começa a desaparecer, enquanto a luz nos fala, igual a uma semente cavoucando na terra devagar — Almado confirmava.

— E começa o tempo do Deus vivo — foi Martim completando.

— Não estamos mais sós — salientou Plácido. O olhar firme.

— A palavra separa a luz e a treva — Martim reitera. — A palavra é que plana. — Foi quando estendeu a mão sobre Almado e a mão acendeu a mira da alma. Alvejou.

— Somos atirados na luz. Sinto-a, como se me afogasse — Almado bradou. — E eu vim do rio, fui a sua arca. Não me afogo.

— A luz é sem espelho — Martim afirmou. — O espelho é a luz que não pára.

— Somos a luz que vai entrando — Plácido aventou.

— Deus — balbuciei.

— É a palavra que mudou o sonho — replicou Martim.

— Não há sonho que pare a palavra — Oriondo se meteu na conversa, de mansinho.

— Está mudando a vida, porque a palavra mudou — Martim falou, severo.

— A palavra está criando meu novo rosto. E a alma se junge como um boi ao arado — Almado se almava, ao confessar.
— O boi é o tempo de outro tempo — eu disse.
— Não. O boi é estarmos presos no guincho — contestou Martim.
— Nada impede a luz, nem a palavra repete o seu reflexo — Oriondo admitiu. E silenciou.
— Fui cego e vejo. — Exultando estava Almado. Exultou com a candeia nos olhos. Todas as candeias — olhos.

Almado foi praticando a luz e viu que era veloz, aterradora.
— A luz é eloqüente; eu a deixo frutificar — falou.
— E Deus é irrefutável — completei.
Todos concordávamos.
— "Não devemos julgar as ações pelas ações", suscitou, certa vez, um escriba. Teria alguma razão? — indaguei.
Almado com os olhos escutava. E Martim:
— Se as palavras são atos, não devemos julgar os atos das palavras?
E todos criávamos. Todas as palavras eram vivas, julgavam.

Os pios do cimo da colina atraíram os cimos da alma nele, Almado. E para lá se retirou. Sem financiar medos, foi enchendo pés, mãos, coração com o vibrar do espírito, retesando-o. Falava com seu sopro, intercedia em sílabas, o sangue semeava flores.

Queria caçar talvez a morte. Ergueu em alma a mão direita, palma. Viu um vulto se esticar e ele era arco. Enfrentou o inimigo, o desalmado. Ofegava. Fincava pé e uma fumaça ia grunhindo. Investiu com a fumaça, resvalando culpas, rapinantes aves. Disse não ao inimigo. Foi quando Almado rasgou os vãos e a volta se perfez, o anel. E não, não. A palavra ecoou.

E o adverso mugiu e não alcançou ultrapassar sua sombra. Grudou-se, e a redondez da chama o atordoava. Recuando foi. Almado disse. A palavra suou. E o adverso se desfez como um tição na água.

— Desalmado te apago! — vociferou. Almou-se o alazão do dia espesso. Cauteloso o viu, como se o atravessasse. — Atravessei a morte. E os pios do cimo vinham encurtar ouvidos. De Deus eu era e não mais deduzia paz alguma. Todas as venturas acordaram.

Ia falando e descia do cimo a seu povo. Devagar. Quando o chão tinha pernas de aluvião. E vagarosa era a eternidade.

Almado possuía cachos de bem-aventuranças. Mas se ocultam. Não vêm os olhos pelo coração? A manhã bufava.

Batya, a que o tirara do rio, desabotoava as cordas da lua na morte. Desabotoava-se a morte. E ela nascia, além. Porque nascer é estar parindo a paz. E ir pelo rio.

Orlando, Pórfio, Martim, Plácido e alguns outros assistiram quando Batya era o rio. E Almado a desprendia — do corpo para a alma.

Mais tarde, revoluteou a mão em círculo, rociando luz quando chorava o rio. E nele com o dedo escreveu, ao centro: *Pai da Eternidade*. E Assombro nunca mais o viu. Contam que esse círculo era composto de rodas que giravam. E as rodas foram engendrando um carro. E transportado foi. De fogo em fogo, até a idade da alma.

Quem sabe dos pés da eternidade?

Quando Almado se almou, um vendaval sem precedentes uivou sobre Assombro, e com tal força, que derrubou tetos, arrancou telhados, destruiu árvores, abalou o Oceano e carregou o céu como o tambor de uma arma insone, e o coldre da noite se fechou. E o vendaval espumava da boca do firmamento e nós todos nos recolhemos, porque algo na atordoante natureza se esboroava: furiosa loba avançando. Depois os ventos ficaram calmos, como se todas as camadas se desativassem, até estancarem a ruína, o pavor. Dando a impressão de que a alma de Assombro se esvaíra.

Anotações de Almado: Plácido as descobriu e chamou "Pequeno caderno do Juízo":

1. Não amarrar o Espírito. Nem arrostá-Lo;
2. A sabedoria não vem de segurar os dons, mas de torná-los belos;
3. Ver é estar na alma;
4. A felicidade é fecunda e transmissível;
5. As demasiadas normas não deixam fluir o Espírito. E acaso é o nome de quem não O conhece;
6. Deus trabalha com a legalidade;
7. Na luz, nada pesa.

Décimo Primeiro

O maravilhoso não precisa de óculos

XXIII

De como Agostinho conseguia interpretar e descobrir as plantas. A pré-memória do silêncio. Lino, o que falava com formigas e cigarras. O ensino do alfabeto humano. A fechada e obscura sociedade das formigas. Cigarras-cobras foram punidas por Lino e separadas do arraial, com lepra. Numa conversa, a origem de Oriondo e do Oceano. Os sonhos da formiga Laércia e da cigarra Orestes. A conjetura de Pórfio sobre a evolução dos seres. Mondini.

Agostinho, o hermeneuta das plantas, dizia que, como a memória tem palácios, as plantas têm memórias que florescem. E eu não sabia em que memória as ervas, por exemplo, se enraizavam.

— Na memória da terra — me dizia.

O silêncio conta a história do mundo. E eu achava que era o exercício nômade do vento. Não discutia. Orlando ou Dimedes eram mais peremptórios. Agostinho adoçava as coisas. O botânico cataloga, o hermeneuta sonha através das plantas, como se fosse o canal por onde se irriga o húmus da imaginação. Interpretar é discernir sentidos. E estes variam, conforme o tipo das folhas no zoológico da seiva.

E as plantas variam de aparência. Algumas são arredondadas e se movem em círculos; outras, ovais. E têm a forma de flechas, mãos, penas, corações, agulhas, lemes, navios. E é no limbo, a porção larga da folha, em que a fotossíntese ocorre, rumando para a luz em círculo. Mudando de cor sob a nervura das estações. E o hermeneuta treme no instante em que o pensamento é a própria folha a girar no universo. Mas as folhas não bramem, nem uivam ou relincham. E a imaginação de um hermeneuta é a mesma de um aglutinador de fantasmas.

— Os fantasmas são plantas que só ganharam sombras — dizia.

— E as sombras são mortalhas de sucessivas plantas, mapas de relva em nós — eu arrematava. — A geografia é o sonho.

Lino era o que falava com as formigas e cigarras. Desde guri, portava a estranha intimidade com esses seres minúsculos. As cigarras o cercavam em roda, e havia entre Lino e elas um gostoso murmúrio. Como se dissesse: "Cheguem-se, amigas! Aprecio a vossa companhia." E elas respondessem: "Não quer seguir-nos? Separamos canções para você." É verdade que algumas delas cantavam protestando, com sol ou chuva. Lino as convencia com grande riso de criança.

Vez e outra, desaparecia do contacto com os habitantes de Assombro e se retirava para um bosque, ou sentava no banco de uma das praças, a maior, onde era encontrado tagarelando com as cigarras. Ou então se inclinava sobre carreiros de formigas na colina, ou segurava alguma delas na palavra de sua mão e cochichava numa língua de mudez e sons contíguos.

Oriondo contou-me mais tarde. Flagrou as formigas e Lino conversarem, fluentemente. E elas encompridavam os olhinhos, obedecendo a seus salutares conselhos. Ou lhe mostravam a folha ou graveto que estavam conduzindo para a sua subterrânea aldeia. E ele as ajudava, como se fosse da mesma e oculta raça.

Um dia, numa das ruas de Assombro, o abordei, apresentando-me. Lino não afirmou ou negou nada do que Oriondo dissera. Sorria, enigmático. E me interrogou sobre o navio fantasma. Questão de interesse das cigarras, atraídas por ele — deduzi. Porque as vira, certa manhã, em enxames, invadindo a popa ou batendo nas infladas velas. Depois mencionou-me a sua preocupação com o tempo que se fez visível para as formigas no silêncio. Foi só então que passou a falar de sua ancestral privacidade. O que devo à porta do nome que entre nós se abrira — Oriondo. Sim, o tempo esmagou com pés gigantes, parte de um formigueiro. Morderam-lhe os dedos, mas tombaram pisoteadas. E denunciou a maldade.

Soube que Lino fora o introdutor, entre cigarras e formigas, da convivente troca. Sob sua influência, até as cigarras ficaram operosas. Raízes ou folhas eram compensadas pelas cantigas de bom amor.

Apreciava esses seres com o corpo de telhado e finas asas. Onde nenhuma falsidade penetrava, nem torpe testemunho. A inocência: regra proverbial e cumprimento do destino.

Lino tentava uma façanha. Ensinar às formigas o alfabeto humano, soletrando as letras. Algumas, eruditas, tomavam tento, escutando. Era a curiosidade dos insetos sobre os pobres seres terrestres, de quem não compreendiam o desespero, ou o desígnio mortífero. E aprendiam depressa.

Oriondo me relatou ter ouvido alguns vocábulos esparsos, ditos em voz tênue, por uma dessas formigas falantes.

Entre as cigarras, Lino percebeu as jovens chamadas ninfas, que surgiam semanas depois de os ovos se romperem. Sedutoras, ficavam no chão, entocadas. Ao se tornarem adultas, mudavam de pele e flor. Observava o jogo da conquista entre machos e fêmeas. Aqueles, tocando no abdômen o seu tambor de amanheceres. E estas, mexendo as ancas e asas. O desejo corteja a vontade, e a vontade, o desejo.

Lino se enraivou apenas com as cigarras-cobras. Tinham a cabeça para a frente, em forma de caju, e eram danosas. Serpente é tudo o que se arrasta ou voa com seu bote, de ar em ar. O nome já designava: cobra e dobra se amasiando em mal. A tolerância de Lino foi vazada: destruíram cafezais de uma fazenda.

Com o indicador em riste, estrilou, zangou-se. E elas se quedaram taciturnas. E um não zuniu, troou. E em lepra, todas essas, separadas do arraial se viram. Feriavam longe. Mudas. De um silêncio a outro. Interminado.

Consegui puxar sua amizade, como um balde no poço. E Lino fabulou proezas, com fidúcia, aos poucos. E disse seu intuito: aprofundar o mundo dos sonhos de cigarras e formigas.

— O sonho não está sob a lei, mas sob a graça — sublinhava.
— Uma formiga que chamo de Laércia disse-me ter sonhado com o universo. E ele era uma teia enorme, enorme, não via a aranha. E a noite se enrolava noutra noite, que parecia descomunal formiga.

Eu me precipitava sobre o proceder das coisas. Oriondo também. E confirmara, com seu amigo mar, a insinuante maneira com que do ventre do caos brotou. E o Oceano murmurava:

— Sei de meus pais, a noite e o abismo e o pânico com que pulei como filhote de águas, em rebanho.

Calei-me. Lino comentou:

— A cigarra Orestes sonhou que entrava na cavidade de um tronco imenso, até encontrar uma boca na saída, engolidora, que eu denomino cosmos.

E eu pensava, ao ouvi-lo, na consciência das consciências. O universo tinha peculiar faculdade: a de amestrá-las ou ir brunindo uma a uma, na lima dadivosa das espécies. E talvez orientasse o eficaz projeto de transportar consciências órfãs para a escola.

Embora a humanidade possua a pretensão de ainda conhecer a mente de Deus, como adverte Stephen Hawking, nem os sonhos dos homens, formigas ou cigarras sequer se avizinham desse propósito. Lino o sabia, também Oriondo e eu. Einstein, aliás, ia mais longe. Queria descobrir se Deus no instante da criação teve escolha de fazer um universo diferente, e, caso tenha tido opção, por que é que decidiu criar este universo irregular e não um outro qualquer. Porém, julgo que não nos cabe decidir a opção de Deus, se, às vezes, nem pressentimos a dos homens.

Carpentier dizia que "o futuro é fabuloso". Mas a fábula só é futuro quando amamos.

Lino entendeu as formigas e elas o entendiam. Podiam se enturmar na fábula, magicamente. Ou ir levando, na carga de morangos, o futuro. Ou comê-lo depois, figo caído. Ficava horas hóspede das formigas, entre grilos, lagartas, besouros, como se lentes usasse. Inspecionava, via, enquanto lecionava a sua língua e delas aprendia sisos, alentos, marciais estratégias.

Na tropa das legionárias, há caçadoras ferozes, em busca de animais, armadas de mandíbulas agudas. As colhedeiras: armazenam silos de sementes nos seus ninhos. As ordenhadoras: juntam o suco doce que certos insetos de plantas deixam gotejar. E elas guardam esses insetos como vacas leiteiras, cuidando de sua gadaria no interior da toca, durante o inverno. As cortadeiras, ou carregadeiras: transportam flores e solteiras folhas.

E impressionou a Lino a disciplina, uma sociedade das formigas e suas colônias romanas, divididas em classes, com a soberania das rainhas.

Quantas vezes ele parou junto aos refúgios, sob as pedras ou covas no solo, com os ninhos em forma circular. E certa vez, ao avistá-lo na colina, perto de uma toca, antes de falar com as formigas de rostos erguidos para ele e olhos-grãos, vi Lino garatujar, no chão, o círculo. E, com sua fala, tudo se estancou, tudo se. Qualquer formiga pode começar a humanidade. Talvez o futuro.

Lino confessou-me ser leitor de Pórfio. E em sua novela, *As catacumbas da História*, achou os seguintes textos precursores: "Enquanto larva, a formiga fêmea pode tornar-se rainha, ou soldado, ou operária. Tudo se enquadra à estrutura, sempre proporcionada. Por sua vez, enquanto larva, o sonho torna-se fêmea palavra e a palavra engendra subterrâneos, onde se refazem pesadelos."
E na página adiante:
"Paleontólogos admoestam que a evolução dos seres ora é complexa, ora é rápida em excesso, ora vagarosa. Os sonhos não se apressam. Evoluem ou se reproduzem. A borboleta, por exemplo, no sonho pode ser Homero. Mas nunca se conseguiu saber se Homero sonhou a borboleta."
E não refuto essas conjeturas. Basta-me relatá-las. E nem sequer cansei minha ociosa esperança.

Apesar das experiências pessoalíssimas de Lino, pouco sabemos do mundo das formigas. Menos ainda sobre a sua reação diante dos homens.
Talvez elas sigam, instintivamente, o preceito maquiavélico de que a paz pode ser um estágio perigoso.
Não descansam na batalha das folhas ou vides. Com a ferocidade impressentida de leopardos mínimos.

— E se lhes for inoculado o experimento de crescer, que estou deslindando, serão poderosas, mortíferas — dizia-me o cientista e farmacêutico Mondini, de óculos escuros e avental amarelo, voz engordurada de vaidade, quase infantil orgulho. Agitava as poções e as recolhia em tubos, cômico e sério. Perguntei-lhe o que visava. Replicou-me: — O domínio sobre a natureza. As formigas me servirão. E servirão o tempo.

Lembrei-me de um dos personagens de Pórfio, em *As catacumbas da História*, que pretendia tecer um labirinto, a partir do quintal de sua casa, com um exército treinado de formigas, através do hipnótico adestramento. E tanto Mondini quanto a invenção de Pórfio pertencem ao pesadelo. Ou ao projeto edificador ou belicista do homem.

E as formigas já conhecem os estratagemas. E não serão usadas fora do carreiro. Preparam-se, num corpo ileso, para o verão, sabendo que a paz é constante guerra.

XXIV

As imagens do sonho. De como Agostinho se aproximou de Faus. Oriondo, novo Ícaro. Advertência do pássaro a Faus, seu amigo, achado e morto pelos silenciários. A roda e a armadilha.

As imagens dos sonhos, depois que morremos, continuam vivas, ou se transmudam noutros sonhos, a visitar os que dormem?

Faus, ao se exilar de seu torrão natal e ao renegar a seita dos silenciários, conseguiu sobreviver, frugalmente, em Assombro, quanto pôde.

"Mas a roda sempre tece uma armadilha." Esse verso já era premonição ou advertência do outro eu para si mesmo.

As imagens dos sonhos continuam vivas?

Faus, por um desses acasos, enquanto olhava o velho Oceano, e Oriondo voava fora da barca, à feição de novo Ícaro (sem as asas de cera), numa de suas extravagâncias, deparou com a aproximação de alguém pelo ruído das ervas: era Agostinho, o hermeneuta das plantas (assim o apelidaram). A simpatia vem de um címbalo interior, imperceptível, que toca e aproxima. Aquele lacônico, quase seco, e este, apaixonado, rumoroso. O espetáculo foi o tamborilar das vagas e o incrível homem voador, integrado à máquina de um corpo que vibrava, com seu deslocamento, o ar, imperiosamente mais aéreo e ruflante. E embaixo, sobre as águas, a barca parecia órfã, um olho ciclópico voltado com as velas para o alto, cavalo marinho preso ao dono.

A partir de então, Agostinho, em fins de semana, se detinha sob a roda do limite, o guarda-chuva do arco-íris. E quando achava oportuno, chegava-se à caverna, onde habitava Faus, entre utensílios de cozinha, armários, livros, cama, mesa (poucas cadeiras) e um cabide com roupas, ao canto. Vez e outra, viu um pássaro com ele: de bico amarelo, pescoço negro e plumas rubras. Ora pousado na mesa rústica, ora no magro e ossudo ombro. E era como se um cativante ritmo ressoasse, ali, dedilhados os fios de selvagem harpa. Vinha misturado com os sons de violino do mar. As conversas se permeavam de silêncios. Faus sabia ouvir. E o único assunto proibido: seu passado.

— Não estou cativo — dizia. — Olho Deus.

Faus lhe falou, certa vez, sobre a esquisita vinda do pássaro, durante uma noite, quando dormia. Faus, ao relatá-la, saíra de seu comedimento habitual. O pássaro o despertou e lhe disse, como se estivesse se "espelhando num poço vazio com o primeiro temor" (verso seu, que li mais tarde):

— Breve, como a flor da amendoeira, ao embalo do vento, perderás as pétalas na morte.

Faus assustou-se. Entendia o pássaro, mas assustou-se. E respondeu:

— Não creio. O tempo se detém. E é o vento que perderá as pétalas.

— Breve — reiterou o pássaro, com olhar sombrio — irás, como as cegonhas e os gansos selvagens. Num tiro, além do mar.
— Não sei, talvez. Sim, breve espero. Porque o tempo tem cara de ladrão e se disfarça.
E o pássaro concluiu, antes de sumir no céu:
— Deus nos captura com a orelha queimada.
E o que é profecia se dará. Foi.

A temível seita dos silenciários não se poupou na busca de Faus. E sua rede de espiões o fisgou, como um peixe-rei, em Assombro, através de um poema no jornal *A Ordem* (amiúde tão moderado, não se conteve, ao publicá-lo). Dizia, em certo trecho:
"Voltam de novo agora vinte séculos a tornar-se um menino, novo olhar, por onde tudo começa."
Não cumprira os sessenta e dois ainda e foi fuzilado por disparo de um assassino, na garganta, quando olhava a roda do arco-íris e a do Oceano. Roda, girava o céu. Morreu no meio da palavra. No meio da. Um grito. "A roda sempre tece uma armadilha."

XXV

De como Tabor, o cão, fugiu e conspirou contra os humanos. O amestrador Ulrich o convenceu, dissipando a revolta.

O consenso é virtude política, e a sensatez, virtude dos vivos. Nem a política, nem a sensatez são mais fiéis e inestancáveis do que o sonho. E os sonhos trançam o consenso do futuro.
— Somos primos dos nossos sonhos — alertou Assombro.
— Talvez dos que lembramos — objetei. Jantávamos uma sopa de tomate, e o aroma e sabor nos embaçava, como, no vidro,

a névoa. E eu a degustava, aos sorvos. Até à imaginação. — E era talvez um sonho que, acordado, comia.

Assombro pôs o rosto contente, os seus olhos riram (vira o meu apetite). E comentou:

— Come-se o esquecimento, não o sonho. — Riu-se de novo.

Repliquei, professoral (mania adquirida quando falava aos marujos como capitão), depois benevolente:

— E é maior o quinhão do que sonhamos que o de existir, ou esquecer.

E os leitores já tiveram esta experiência? Após levantar com certa dificuldade da mesa, cabeceando, sentar na cadeira de balanço da sala e, sem se dar conta, dormir?

Fui perdendo o enredo e não percebi se era imaginação ou sonho o que me levou ao início deste capítulo. E se "o movimento próprio é indício certo de coisa animada", como escreveu Aristóteles, e tudo o que por si se move chama-se animal, e com razão Platão reconhece nele movimentos precipitados, o meu sonho era um animal flamante, radioso, agilíssimo. E eu ia por ele, afundando-me dentro de outro sonho, sem sair. E as pernas, patas, peito, lombo estavam num e noutro, como diante de um espelho. Depois vi que se encadeavam, implacáveis. Depois vagava em floresta de clareiras, histórias que se desdobravam noutras, e nem sequer chegara ainda à infância numa cova de sombrios contornos. E uma palavra foi dita e a de minha mulher despertou-me e estava alarmada: "Tabor escapuliu. Passou pelo portão de trinco frouxo." Mas Tabor, o cão, "a coisa animada" de Aristóteles, não teria, de um sonho a outro, escapulido?

Assombro e eu nos preocupamos com a fuga de Tabor. Fazia seu posto no portão olhando, olhando. No momento em que achou frágil, dolente o fecho, foi correr mundo.

Coloquei aviso no jornal *A Ordem*: "Procura-se um cão Rottweiler, cujo nome é Tabor, com mais de um ano, olhos cor marrom-escuro profundo, orelhas pequenas, com um caimento peculiar, pescoço não longo e musculoso, tronco proporcional, tendo o ombro formato achatado." Com o número do telefone, caso alguém tivesse informações sobre o seu paradeiro.

Semanas vadiaram sem notícia. Foi quando Nenzinho e outro morador do povoado, o Ulrich, apareceram, dizendo terem visto Tabor (segundo a descrição do jornal), reunido na colina com um bando de cachorros — desde o vira-lata ao imenso S. Bernardo. Tabor chefiava o comício, extravasando a raiva de ter sido preso no pátio de minha casa. Foi esse o entendimento de Ulrich, oficial da ladrante língua dos cães. Amestrador, era longo como um anzol e o rosto delgado. Conservava certo sinal de infância: a cicatriz de um dente canino junto ao queixo.

Tabor, segundo ele, se rebelara contra "a maldade dos homens e o uso da corrente e focinheira. Também desejava o direito de possuir fêmea e ter filhos, para a sábia e inexorável preservação da espécie". Tabor possuía laivos de cão erudito. Contam que o cachorro absorve o temperamento e certas veleidades do dono. O certo é que seus ferozes asseclas respondiam ao discurso com latidos (vivas! — na tradução de Ulrich) e estavam prontos para cercar nossa casa e pedir satisfações.

Ora, leitores, Assombro e eu sempre tratamos Tabor com fidalguia e acento filial, e não esperávamos dele tal ruindeza, próxima dos humanos. Defendemos a posição nobre e vigilante desses animais. E se a Tabor nunca deixamos faltar água, carinho, alimento, como assumia o ingrato e vexatório encargo contra seus pais? Sim, éramos pais daquele cão-reivindicador, entrava nos aposentos da casa, lambia nossos pés e mãos, comia as fatias de pão que lhe jogávamos e até nos acordava, algumas vezes, em nosso quarto. Contudo, (Assombro com mais tardança) estava disposto a perdoá-lo, desde que tornasse lentamente, com a cauda rasa, ao lar de onde escapou. E dispersasse o grupo dos rebeldes. Mandei a mensagem através de Ulrich. E o que sucedeu foi o diálogo que depois me foi narrado em língua aperfeiçoada nas artes cachorrais.

Ulrich, com autoridade, disse-lhe:

— Tabor, volta para os teus donos! Estão saudosos e tristes. Não entendem teu comportamento.

Respondeu Tabor (que mais tarde apelidei de Bobô):

— E os meus direitos de amar e ter família ou andar livremente como os seres bípedes (não sei onde aprendeu essa palavra bizarra), os homens?

Ulrich também se impressionou com a erudição canina. Replicou:

— Ora, Tabor, as coisas brotam no seu tempo. Eles gostam de ti e não te abandonarão, se não os abandonares.

Ao dizer que gostávamos dele, os olhos de Tabor lacrimejaram, ladrou baixinho. E mandou os comparsas regressarem ao seu lar de origem, comentando:

— Não seremos felizes sendo homens. Nosso destino é ilustre e indispensável: sermos cães e servir a quem nos ama.

Confesso-vos, leitores, que essa última frase me tocou. Porque meu cão tinha "o furor de amar", aludido pelo poeta. E esse furor mereceu a nossa boa acolhida. Tabor ganhou, por isso, ração dupla e o privilégio de assentar-se em meus alvissareiros pés. E o amor, ao atender os apelos humanos, alcança igualmente a estirpe dos cães.

O amor não é informe. Informe é a esperança. Assombro e eu retirávamos, de seu apreensivo lombo, horas e carrapatos. Sim, quando um desses sugadores se alojou entre os seus olhos, Assombro o retirou e percebeu o agradecimento de Tabor com a cabeça. E vos digo, leitores: nem este cão e outros, por acaso, se afligem com os males que nos assaltam. E por que exigir-lhes isso?

Machado de Assis quis decompor a química do remorso humano, até os mais simples elementos. Quem pensou decompor a química do remorso dos animais, e, num modo mais específico, o de Tabor, o cão? Depois da fuga e do retorno, talvez ele estivesse mais para o arrependimento que para o remorso, pois aquele se entreabre ao diálogo e este, fecha-se em si mesmo, nas abas de interno poço. Teriam os cães "o interno poço", se Platão, ao vislumbrar as sombras na caverna, não chegou a mencioná-los?

Porém, Platão não se consumiu nessas questões de amor à espécie mais subalterna, talvez desprezível. E o que importa é que, além dos filósofos ou tratados, Tabor se espreguiça, de barriga para cima, movendo as patas, à espera de que Assombro e eu o acarinhemos. Suas orelhas, quando assim procedíamos, abanavam. E ele se abandonava em nossas mãos, à deriva, com a nau do ventre tremulando. Esse afeto não se excede em promessas. E ele, o cão, agora tem os olhos indefesos de um garoto ingênuo, quase idiota. Sem a loucura tormentosa dos homens.

Fiquei olhando o meu cão e ele me olhava. Nossas pupilas se juntavam. Um elo de elos. Desde o primeiro homem que olhava o primeiro cão. Desde o cão que me olhava no primeiro homem. E se falo, são minhas palavras que lhe fixam.

XXVI

De como satisfazer os desejos, eliminando-os. Nimrod caçava aves e foi caçado. O envelhecer da casa. Ulrich e Romilda. Morte do amestrador, ao proteger um cãozinho vira-lata.

Jonathan Swift salientava: "O remédio estóico de satisfazer os desejos eliminando-os é como o de cortar-nos os pés, quando necessitamos sapatos." E cheguei, envelhecendo, a esse paradoxo. De um lado, a experiência nos preenche, e de outro, a idade nos esvazia. O corpo não é o mesmo e a alma é criança ainda. Portanto, a alma salta e o corpo não suporta e recua. Quando tínhamos os pés, faltavam os sapatos. Hoje temos sapatos, e os pés não resistem.

Quanto aos manjares, não conseguia, rapaz, por razões econômicas, comer certos pratos. Hoje me disponho a comê-los, mas o estômago não os tolera. O que posso e não posso na vida engendro na imaginação. E o que imagino já estou vivendo. E o que sonho não fere o equilíbrio do universo e nem ele me fere. Estamos quites e felizes.

Nimrod gostava de caçar galinholas, tico-ticos, perdizes. Fora da zona e época de caça. E, junto a dois outros, perambulava pela floresta, depois da colina. Às vezes, trazia nos ombros as abatidas aves. Tinha aspecto de atleta e rosto de chacal. Não o cumprimentava. E vos confesso, leitores, que o evitava, como malária e peste. Liguei-me aos pássaros, desde quando navegava na marinha mercante e meu navio avançava com a proa entre gaivotas gritando. Nimrod não trabalhava; caçar era fatalidade. Até ser caçado, e o seria, com a mesma pertinácia. Com que o tempo alveja, certeiro.

Morava num pomar, herança de seu avô, cujo abandono era visível, tropeçando o mato nas pernas do jardim, entre árvores frutíferas estéreis. Era um pássaro depenado.

Depois a umidade avassalava o interior da casa, com o mofo. Desalojava a forração de vistoso papel. As portas se empenavam com os gonzos enferrujando. A morte de uma casa tem a ver com a de uma velha dama. Os vestidos fenecem e o corpo vai caindo. A nobreza de quem tomba de pé na batalha.

Porém, Nimrod era o espelho decadente da casa. Certos fantasmas comuns o rodeavam. E o troféu de uma cabeça de cervo na sala parecia licenciado para rir da sucessiva ruína. E o caçador foi caçado, ao resvalar no pesadelo e no infarto. E quase nunca sonhava.

Não é de meu feitio contar coisas mais íntimas. O amor sabe misteriosamente esconder-se, ou concentrar-se.
 O leitor acostumado às descrições mais lúbricas dirá que fujo desse hábito, quase protocolar.
 Assombro e eu nos atraímos. Nossos corpos se comunicam e entretecem. Um no outro: capinzal. Alma que se despe no corpo, corpo em nudez de alma. Arte de entontecer a vida. O amor não desespera. E se me calo é porque estou inapelavelmente vivo. Também ali, onde o grito sucumbe.

O que fazemos, esquecemos, sonhamos ou não fazemos pesa muito. Até respirar. O que interpreta sonhos não aventa sua real cumplicidade. É agente duplo dos outros; e o que sonha, de si mesmo. E ambos do universo, que nem sempre sabe o que fazer com ele próprio. A sorte não tem parceria. Só vítimas.
 Falava de mim, escriba. E de outros, como Pórfio. Lembrei-me de Ulrich, o intérprete dos cães, que se dedicou a servir esse confluir de linguagem e instinto. Sem tutelar-se à Sociedade Protetora dos Animais, lutara mais de vinte anos por eles, defendendo-os, ou treinando-os. Partilhava a pobreza com Romilda, semblante belo, simples, certo sotaque interiorano, olhos verdeazuis, ancas flexíveis, que conheceu num baile de roça, com gaiteiro, frios e doces.

Seu amor aos cães era tanto, que a poucos humanos colocava, em nobreza e fidelidade, acima da estirpe dos cães, "não devidamente avaliada" — repetia. E os cachorros o tratavam com reverência, fervor, e davam provas disso.
 Dizia: "O que pesa no encantamento entre cães e homens não

é só nutrição, afago, é possuir a chave de sua linguagem. Eles são briosos e só acatam os que aprendem a ouvir." E essa chave, não a deu a ninguém, levou o sigiloso vinco e signo para a outra vida, onde não adivinhava o paraíso sem os cães. Como os cães não o adivinhariam, caso haja algum para eles, sem Ulrich. Morreu sob o maldaz veneno de uma cobra, ao proteger um cãozinho vira-lata de sua língua bífida, no bosque de Assombro.

Infelizmente não estava imune a ela, nem à morte, esta velha e desdentada fêmea que alardeia, sempre mais, a impunidade. E o lugar onde seu corpo jaz é outro segredo. Nem Romilda conhece. Só os cães. E é irrevelável.

XXVII

Avalanche de gafanhotos no bosque de Assombro. Lino e Agostinho tentaram entrar no idioma dos mestres gafanhotos. Plácido impediu o avanço do belicoso enxame. Visita ao porão da casa do hermeneuta das plantas. Discussão entre Lino, Agostinho e Oriondo. Mordido pelo mosquito da malária, morre Lino.

A notícia se espalhara como a poeira com o vento: os gafanhotos em avalanche infestavam o bosque de Assombro. E é sabido que alguns deles comem qualquer espécie de planta. Recobertos por uma carapaça, semelhante à do caranguejo, têm duas antenas que se projetam adiante, e para o alto se curvam. E possuem cinco olhos e um composto de lentes de cada lado da cabeça, além de dois pares de asas. Avançam em enxames e causam sérios danos. Avançam: guerreiros ou helicópteros mínimos. E era como se o céu fosse o poço do abismo.

Agostinho e Lino foram convocados. Mais Oriondo e eu. A praga avançava. Agostinho se preocupava com as plantas, Lino com suas companheiras formigas e cigarras. Oriondo e eu pensávamos nos "cavalos aparelhados para a batalha", do Apocalipse.

Agostinho e Lino tentaram entrar no idioma dos mestres gafanhotos, com a visão dos sonhadores e doidos, ou a gramática do ar. Sabiam a língua das plantas, formigas e cigarras, e procuravam alçar-se ao circuito do obscuro dialeto dos invasores, convencendo-os a recuar. Entraram na voltagem da imaginação, com termos conhecidos e outros ignotos. E não os convenciam. Diante da beligerância não basta o entendimento, é preciso poder. Chegaram a afirmar, argumentando: "As plantas querem paz, os outros insetos também. Vocês relutam e destroem." E o enxame se ativava, como a bateria de um motor. Oriondo o comparou aos siris da maré. E eu, à sublevação do tempo. E só Plácido, a meu chamado, vendo o voluntarioso enxame, parou e orou. E apertou, como a um passarinho, o círculo com a mão direita que, rútila, foi esmerando a palavra. E a nuvem, como um calo, endureceu, calou; o ataque do enxame, pendendo, começou a retroceder. Lino e Agostinho se entreolharam, surpresos. As plantas sobreviventes exultaram. E a morte foi saindo das árvores.

— E a morte é árvore? — indaguei. Não, a morte foi caindo dos ramos e folhas. E os gafanhotos voejaram de volta, como se retornassem ao ciclo de sua ancestral essência.

É noturna a infância dos mitos: somos a história ou a fábula.

Oscar Wilde nos confunde, ao afirmar que "nos assuntos graves o fundamental é o estilo, não a sinceridade". Porque a sinceridade é o estilo. Agostinho tinha a sinceridade de não ter estilo. Insistiu, depois da experiência dos gafanhotos, que víssemos o seu porão (a casa era circular, com três peças e janelas largas). Descemos as escadas e nos deparamos com a botânica que se encaramujava em álbuns inúmeros, tipos e formas de folhas, organizados sob vidros, e canos se bifurcando nas raízes entre plantas e solo.

Agostinho nos mostrava tudo, com a segurança de requintado pesquisador:

— Este porão tem, em cada móvel, algo meu. — E pareceu a todos que o porão era um sonho. E estávamos nele.

Oriondo questionou:
— As plantas, aqui, ainda vivem?
— Inventei um processo mágico que as mantém respirando. Vês esta lâmpada redonda e imensa? Substitui, na imaginação delas, o sol. E as supro de água, através da irrigação que banha as suas raízes. E estas, por minúsculos e absorventes pêlos, nutrem o interior das plantas com umidade e sais minerais — acresceu Lino.

— É a osmose — falou Oriondo. — Às vezes, vejo o Oceano como uma planta gigantesca ao avesso, com as raízes no sol.

Foi quando Lino entrou na conversa, temperando:
— As plantas são o alimento das formigas e cigarras. E dos homens. Por que as reténs, Agostinho, neste porão, quando podiam estar num lote de terra, à luz do dia?

— Aqui não há formigas, nem cigarras — contestou Agostinho. — Posso melhor vedar seu acesso. E, além disso, observo os mistérios com o microscópio, por exemplo. — E apontava para dois aparelhos, de cabeça e lente maiores que os pés dançantes. — E há uma substância de juventude que descobri, capaz de preservá-las no tempo.

— Então conseguiste capturar o tempo — disse eu, interessado. — Ensina-me a artimanha!

Oriondo se deteve e sorriu diante da minha aflição, como se me lesse nos recessos. Calou. Lino captou a mesma interrogação.

— A impossibilidade é o início da possibilidade. O tempo é palavra. Digo-a para as plantas e ordeno o tempo. Dizer é segurar — explicou Agostinho.

— Pensei que fosse algum elixir fosfóreo, alguma inusitada substância. Miraculoso é o sobrenatural que se descasala — falei.
— O sobrenatural é cada dia — sublinhou Oriondo.
— Não há no visível ou invisível maior poder do que a palavra. O tempo a obedece — acentuou Agostinho, convicto. Lino assentiu com a cabeça. E suspirou, contando como duas cigarras, que giravam, tontas, quase sucumbindo em torno de um limoeiro, foram salvas com a palavra, cessando a roda de aniquilação. Até pousarem no ramo daquele mesmo instante.
— Até que adormeça o instante — Oriondo completou.
— Mesmo que eu negasse o que existe, faria o que existe florescer — disse Agostinho. E saímos, confiantes, para o dia.

Por que as coisas e os seres sabem, às vezes, mais de nós que nós mesmos?
Lino, que introduziu a permuta entre as formigas e cigarras e muito as defendeu, foi vitimado por uma enfermidade mortífera: o parasito do mosquito com malária. Picado pelo maligno ar. Esses germes acampam nas células vermelhas e ali crescem, provocando anemia. Apesar do esforço médico, Lino viu-se consumido entre suores profusos, calafrios. E foi ficando um incêndio — das pernas ao rosto e às pupilas. Engolido por dentro. Uma fogueira de abrasadas açucenas.

Lino morria, cercado de formigas e cigarras — das mais diversas classes. E Oriondo, Agostinho e alguns outros. Não disputara o amor entre os humanos e insetos.
"Amor não tem gênero ou número. Substantiva apenas", argumentou, certa vez, numa visita a Plácido. Outra ocasião, aventurou: "Viver separa, morrer não." E propalava: "Mágico não é o fato de conversar com os seres, mágico é o amor."
E até mágico, para ele, foi morrer.

XXVIII

De como Agostinho aprendia na botânica e no Livro do Caminho. Tinha a fama de assuntar com as plantas. Selênia. Visitas à roda do limite, junto ao velho Oceano e ao amigo Faus. De como foi morrendo Agostinho, quando o futuro é imaginação.

Ao dedicar-se às plantas e as suas espécies, Agostinho foi constatando que a botânica, na sua multiplicidade vertiginosa, ia tratando de aspectos, lampejos, qualidades, vicissitudes, metamorfoses da alma. E que, ao versar sobre as plantas e a atração do sol, versava sobre os amores e indigências, grandezas e quedas do animal humano. Verificou que o ímã para a extinção era o mesmo que o das plantas. O seu processo reprodutivo se modela no dos pensamentos, onde a associação de dois se quadruplica, o número de imagens se expande, a junção dos vocábulos nos conduz a outros e outros. A luz e o calor se entrelaçam na existência das plantas e dos homens. Ao pedir "mais luz", Goethe reclinava o seu espírito, como o nosso se reclina, rumo à perfeição.

Uma alma são muitas que se desvelam. Como se embarcássemos num rio para dentro, sem margens. Todas são uma só, inabalável, numa única vida, via, sonho. Morremos muito, existindo. Mas só há uma morte (Agostinho estava certo de escapar da segunda morte). E cria, no aprendizado da botânica e do Livro do Caminho, que dormimos e somos despertados. Como plantas entre o sonho e a osmose. O impulso e odor do sonho.

Agostinho tinha o hábito com que Selênia, sua jovem mulher (quinze anos de diferença: ele com quarenta e três e ela com vinte e oito), se acostumara: baixar ao porão na madrugada e dali sair ao meio-dia. Sua produção maior era na manhã, depois ia declinando a capacidade para pensar e criar. Ao entardecer se apagava. E amava Selênia: baixa, gorda, alegre, marcada pelo sol.

Agostinho se empregara na Universidade, à tarde. Quatro horas de burocracia acadêmica. E fora das plantas e leituras, sua diversão era brincar com a mulher na ébria cama e comer algum prato caseiro (arroz, feijão, guisado e farofa, sua predileção).

A fama de entender a linguagem das plantas e entabular conversação com elas estendeu-se por Assombro e adjacências.

— Veio de uma acuidade com o desconhecido — explicava.
— E cada vez mais percebo e admiro, em cada folha, o sigilo do universo.

Não há suspeita mais incontroversa que a do amor. Todos sabem e ninguém necessita falar. Sentimos isso ao ver Agostinho e Selênia juntos. Ou quando ele se acha diante de uma folha, seja de jasmineiro, seja de ciprestes ou cinamomos.

— Estás tão distraído, que entras noutra esfera e dimensão. Muito só e povoado — Selênia lhe dizia.

E Agostinho concordava:

— O tempo é uma forma de amor.

Eu, leitores, vejo o tempo como forma de ruptura, ruína. Agostinho tem direito ao seu parecer. Tomou posse dele. Talvez a diversidade seja apenas estado de imaginação. E as coisas de sua vida eram descobertas que se foram alinhando, desde criança. Desde os dez anos, mostrou afeto pelas plantas. "Sabia acalmá-las", gabava-se, entusiasmado, para a sua mãe. Adolescente, sonhou com Selênia (era esse o nome repetido, várias vezes) como sua futura companheira. E ela nem sequer existia, quando a sonhou. Ao vê-la pela primeira vez, era como se acordasse e o sonho fosse ontem. E ontem, depois de amanhã.

— Tudo é contemporâneo — advertia.
— Menos a ausência — refutei. — Ao entrar o amor na esfera do verbo, estamos livres.

Nos sábados ou domingos, ele caminhava ("A alma está nos pés") até o navio fantasma (agora habitado), ou se abeirava da roda do limite, o arco-íris sobre os rochedos e o subir cauteloso da colina, em sete cores, "com os olhos de Deus". Como se fosse o eixo entre as rodas do nada e as da vida, o eito em que algo principia, um halo, o frêmito, o transe fecundo antes que o Oceano avance sobre os dentes suaves da relva e troem as tubas das chuvas ou potestades. Era o cordão umbilical do ventre, junto ao ruidoso umbigo do mundo. Ali visitou Faus, em sua caverna, ali polia os pactos como bronze na forja do mar. E "a emancipação humana não pode ocorrer" — leu em Carlos Fuentes — "sem a ressurreição da natureza". Às vezes, Selênia o ladeava, e o velho Oceano, de pé, igual a um cachorro na cerca, latindo. Depois, Agostinho regressava às plantas do porão, absorto.

Cada planta, ali, passou a ter o arco-íris na testa, com a nova aliança, e eu as imitei: "Imitar é redesenhar o fogo."
    E como um hiato pode ser um rodamoinho, e os redemoinhos poderão ser memória combalindo, os achaques, a repetição da mesma história. Depois, ao se generalizar a decadência, mudam alguns costumes, como o de trilhar o passo, se as pernas momentaneamente não o firmarem, ou se retardar.
    — Estou inválido — reconhecia.
    E as plantas recobraram-lhe a cautela. Cochichavam aos seus ouvidos.
    — Eu sou um peso que, em breve, não passará do solo — ironizava a si mesmo, com um sorriso.
    No último ano, recebeu visitas de Oriondo. Sua rara inteligência possuía etapas de lucidez e escuridão, já não controladas. Foi definhando. Caía no lado direito da cadeira, frágil, esgotado.
    Disse, com amor, para Selênia:
    — Cumpri.

E o coração estancou o movimento, como um disco arremessado. Ao afundar na areia, fez o círculo. E se deitou inerte. "O passado é, por definição, bárbaro" — diz Voltaire. Mas o futuro é a imaginação. Não estaremos mais sós.

Décimo Segundo

Livro dos espelhos

XXIX
A) VIRGÍLIO, OU VIGÍLIA

Virgílio e sua mãe Magia. Era um aedo e fazia os vocábulos cantarem. Cresceu e viveu em Assombro. Escrever, para ele, era voar. Palestra no colégio de Dimedes sobre a épica. Celebrou os heróis, as árvores, prados, bois e a nova ordem. Amou Luzínia. Antes de morrer, queria que seu livro fosse destruído, por achá-lo inacabado. Foi-lhe dedicado um monumento sob o choupo-branco.

Quando Virgílio veio ao mundo, sua mãe Magia sonhou que dava à luz um ramo de loureiro, que, palpando, atufando a terra, tornou-se árvore frondosa, com flores, frutos. Nasceu num valado vizinho da propriedade dos seus pais, em meio à viagem. E como o hábito exigia que fosse plantada uma muda de choupo onde era parida uma criança, assim foi, e o ramo enterrado cresceu, igual ao loureiro do materno sonho, pois os sonhos, as árvores e os homens se originam desta esfera circular da terra, em que as gerações são enxames de abelhas.

Virgílio era altíssimo, magro, cor de azeitona, rosto campônio. A fala era tarda, e às vezes dava impressão de analfabeto. Mas alfabetizava-se com o silêncio, odiando a justiça de Assombro, que chamava de "insana", por estar presa mais à eloqüência e à inércia que à verdade. Intuía o que Keats descobriu mais tarde: "A verdade é a beleza e a beleza, verdade."

Se no tempo mágico o homem cantou como um pássaro, segundo Heródoto, o historiador da memória, Virgílio nasceu para ser um pássaro. Com voz lenta e puríssima, gorjeava a palavra.

Não aparecia quase no povoado, já que o sítio de seus pais situava-se além da floresta. E sua meninice se dera contemplando os trabalhos no campo e a roda do sol e das colheitas.

Quem o achegou a mim foi Oriondo. E me disse:
— Ele faz os vocábulos cantarem.
Não duvidei, jamais duvido de Oriondo ou de sua autoridade.
— Vivi entre plantas — Virgílio falou-me. — E elas têm a consciência do vigor.
"É um camponês!", pensei, vislumbrando seu rústico perfil de lado para as árvores da praça.

Diferente de Platão, que observava que as paisagens e as árvores não consentiam em ensinar-lhe nada, disse-me:
— Não me conheces, as árvores sim. E, como um pardal implume, não canto para os surdos. Não, as paisagens e árvores me respondem.

Indaguei-lhe a idade. "Sou biógrafo de Assombro", expliquei.
— A idade leva tudo, até a memória — contestou, esquivando-se. E eu era filho da memória e neto da madrugada. Sabia quanto e quando tudo resvalava. Apertamos as mãos, com certa cumplicidade. Saiu com Oriondo, de olhar vago, como se estivesse ouvindo, em morse, a voz de seu camarada Oceano.

Em outra oportunidade, o revi. No colégio de Dimedes. Dissertava sobre os aedos e a épica. Os pensamentos iam na frente da fala compassada:

"O herói no canto se une ao destino e o povo resiste. Devemos fazer falar o povo, fonte da linguagem. E o poema é sempre por acabar, e nós somos outros, sendo nós mesmos, pois a sorte muda tudo." Foi breve e escutei o aplauso. E como seus olhos eram setas, plumas, relâmpagos, sombras.

Soube que Virgílio divulgava em cartazes seus poemas, participando da permuta com verduras, queijos, frutas.

Ou distribuía folhas e folhas impressas, entre o povo, de um Canto longo, único e épico, em fragmentos, continuando adiante e adiante. Porque era inacabada a esperança.

Ou então recitava na praça, como os antigos aedos, alguns versos:

— "Ó pai, permite que eu aperte tua mão direita e não te esquives do meu abraço... Três vezes tentou cingir o pescoço do pai com os braços, três vezes a imagem em vão agarrada fugiu-lhe das mãos, igual aos leves ventos e semelhante ao solúvel sono."

Chorava ao recitar, como se o seu pai, Anquises, o da imaginação, fosse mais forte do que o real, também sepulto.

— Estou procurando entender o que o imaginar entendeu e é meu pai — confessou-me. E ele envolvia o ouvinte ou leitor com imagens calmas, apaziguando-os, como Davi ao Rei Saul, com a harpa. E proclamava a felicidade no campo, ligando "os mugidos dos bois e os doces sonos de algumas árvores". E se unia aos seres humildes, ao trato de ovelhas e cabras:

"Apraz-me ir até os cimos, onde até agora nenhuma roda deixou sua marca (...) Enquanto a manhã é nova, os prados estão brancos e o rocio tão amado pelas ovelhas, impregna a relva tenra."

E esses versos andejavam de mão em mão e o povo os amava, como se dele viessem, pela raiz, até a fronde. Molhos de áureo trigo.

Certa noite, ao avistar o firmamento, rabiscou num pergaminho:

"Por que olhas, Dáfnis, o nascer antigo das estrelas? (...) Nasce para mim uma ordem maior das coisas, ponho em marcha uma ordem maior das coisas, ponho em movimento uma ordem maior."

E a ordem se inseria no cosmos entre nebulosas, cometas. A ordem, como faca, era fincada. Uma faca.

Esse fragmento numinoso "sobre o nascer antigo das estrelas" seguiu adiante na permuta por dois velos de ovelhas. E serve de pórtico numa casa. Existirá mais belo destino a um poema? Por acaso, leitores, olhamos ainda o nascer antigo das estrelas?

Quando Virgílio transitava pela rua, ouvia-se: "É o poeta!" Como se apenas ele carregasse uma safira, ou chama por muitos desejada. Só se apaga a palavra com a palavra. Seria viável extingui-la?

Contava a história dos heróis. Pungente: "Euríalo rola na morte; corre o sangue ao longo dos seus formosos membros e seu pescoço exânime pende para os ombros: bem como quando uma flor purpúrea, cortada pelo arado." E gravava no bronze:

"Felizes ambos" — escreveu sobre os companheiros Niso e Euríalo. "Se meus versos algum poder tiverem, jamais algum dia vos riscará da memória dos séculos."

Falava de si, falava do futuro?

Sua épica conta, inventando. Não compunha mais de trinta versos por dia, ao desvendar Eneas-fundador. E em dez anos alcançou o término. A biografia dos sonhos é a dos poetas. Escrever é voar. E deixar plumosas, rugentes as palavras. E quantas vezes, ao desenhar criaturas com suas mãos, era de sol e orvalho, sonhado?

Ou assobiava forte ao cavalo do céu e ele relinchava e descia na brisa, ondulando as crinas. E era um cavalo, com olhos-cordeiros. E, cordeiros, os pés virgilianos mamavam, alados, as tetas de relva na colina. E quando conversava com Oriondo, diante do

Oceano, de pescoço alvo, comprido, Luzínia surgiu, de tranças louras e dois canários olhos, o corpo ordenhável e o leite da pele. Os sorrisos se amasiaram. Foi em ataque de vento, num plantar. O Oceano sorria, entendendo com os sensos de espuma, sob as pálpebras. E Virgílio, a sós de alma, em larva, rascunhou sobre o papel:
"A tudo vence o amor e a ele cederemos?"
E enviou para Luzínia, com mensageiro, o poema, atado ao bico de um pombo.
"Se é amor, cresce com as horas."
Virgílio acrescentou. Enxerto de uvas:
"Contigo passaria a vida, quando tua sombra entreteceu as vides." E juntos deitaram corpos, pensamentos, oscilando o mundo como um fardo.
Foi quando, pelo amor, predisse: "A grande ordem dos séculos de novo, ei-la que nasce. (...) O mesmo que está nascendo: a geração de ferro com ele findará." E se antecipava, na verde casca do texto, anotando: "O amor é belo, e que as vacas vaguem junto aos versos." E morou com Luzínia, casados sob um teto de troncos e verbenas. E se perguntava: "Quem ama cria sonhos para si?" E podia ele mesmo responder: "Só pertenço a meu povo. E o amor não cria, é criado."

Quando me deparava com Virgílio, era cortês, mas sempre estava em outra coisa. Suas órbitas se fixavam para dentro. E o tempo para ele não tinha antes nem depois. Tinha palavra. O que sucedera antes podia vir depois, com a naturalidade do que, vindo depois, aparecia antes. Todos os tempos — os da infância, maturidade ou velhice — eram revogáveis. E só não era contemporâneo o abismo. E os fatos serão contemporâneos de antes, indulgentemente, com os do futuro.
"Minha pátria", ele pensava. "Por que a imaginação desafia o tempo?"

"É porque o tempo também é imaginação." E eu, que estou metido de cabeça pelo tempo da alma e os outros tempos antes de mim, vejo como todos se entrelaçam. E fui associando Virgílio e Assombro ao mundo. Porque o mundo é o que se arrasta ou vaza em controvérsia, sulco, lava, febre, loucura, história.

Virgílio era próximo do que escrevia e sonhava. Vez e outra, achegava-se a Oriondo. A fundo, só com Luzínia. Tinha ermos ou safra de chuvas, roças, bois, cigarras, cavalos e intimidade com poucos.

Ao rastrear os versos e os vestígios que o sonho agarrou dele e o que não sei, continuo imaginando. Ao escrever, vejo. Desde o porvir. Se o destino é pão semelhante ao do pobre, que cai sempre de banda e na manteiga, a imaginação fermenta um pão sem o incômodo de saciar a fome do destino. A épica de Virgílio é a do destino. E ele, um pássaro no choupo alto, branco: do paraíso. Cantou: "até que Vésper (diz num de seus poemas), contadas as ovelhas, as recolha". Até que o tempo voeje acima de seu teto.

Antes de morrer, pediu que fosse destruído o canto de seu herói, Eneas, por achá-lo inacabado. Mas inacabados são todos os cantos e heróis, porque o vento é que os insufla, e eles estão sempre a ponto de inteirar-se, como a areia no bojo do relógio. E o canto vai durar, enquanto Assombro. O tempo é Assombro e não é mais.

Porém, o pássaro que definhava, lentamente, acabou pousando morto, aos cinqüenta e dois anos, a bordo da pequena embarcação de Oriondo, nas costas velhas do Oceano. E um monumento foi-lhe oferecido, sob um choupo-branco: "Servi a palavra. Celebrei as pastagens, os campos, os heróis. Dei às velas minha paz."

XXX
B) LOUISE, OU A EDUCAÇÃO DOS LOUCOS

Louise, a cordoeira da loucura, filha e esposa de fabricantes de cordões. Dirigia um Asilo de Loucos. Predileção pelo uso de arco e flecha e alguns amantes. Nos encontramos graças a Pórfio. Defendia que o amor curava a loucura. Mais tarde, avocou a sistemática da inteligência e dos sonhos. Escrevia versos e tinha dezenove alunos. Trabalho controverso em Assombro. Palestra de Louise. Plácido curou dois pacientes. Louise tentava fabricar sanidade na demência.

"Tudo o que aprendi na vida, aprendi no meu quintal" — anotou Paul Valéry. E o que aprendi, vivi. O que não, imagino ter vivido. E todos os fatos se ladeiam, antes de Assombro, ou nele: este quintal, este povoado que se desloca, de uma palavra à outra.

Se tenho suportado tantas coisas, não suporto a injustiça. E a vida é do tamanho da escuridão.

"Arder de longe, gelar de perto. Um falar entrecortado, um silêncio súbito: não são esses os sinais de um homem alienado do seu juízo?" — escreveu Louise, cujo pai era fabricante de cordões, e também seu marido, Enemon.

Louise dirigia um Asilo de Loucos, em Assombro. E desde a meninice foi criada entre pássaros, palavras e flores. Depois, no amor conheceu os fungos da demência. Primeiro, ao casar com um homem tendo mais de trinta anos de diferença. Depois pelos amantes, entre eles, Olivier, que, passarinheiro, a cativou. Culta, poliglota nas cores e sons, foi exercitando um dom de (des)raciocinar, (des)aprender o nexo entre coisas, vocábulos, sentidos. Além disso, tinha predileção pelo uso do arco e flecha. Atirava com precisão no alvo. Certa vez, na floresta de Assombro, enquanto uma cascavel preparava o bote, entre guizos, alcançou-a, com certeira flecha. Quando a cobra pôs a mordida no ar, caiu mordida, letalmente, pregada ao tronco da castanheira próxima. Alguns poucos contam que Louise já participou de uma batalha, com trajes de capitão. Isso, ou é incerto, ou se insere nos sonhos.

E Enemon, seu marido, sofrente de gota, com as cãs amarelecendo como os canteiros da infância, não entendia Louise, nem por que ela passava a manhã inteira dormindo. Andava trôpego — não a entendia. A velhice é mais andarilha que a chuva e menos do que a noite. E Louise assim dormia para renovar a levedura dos sonhos.

Porém, a loucura não tem pai, mãe, amante ou marido. Tem ébrios de si, ébrios dos outros ou ébrios do esquecimento e mais nada.

Quando essa estranha e fascinante mulher se fez proeminente em Assombro, tentei o seu convívio. Através de Pórfio, de quem era leitora e crítica. Uma livraria: foi o lugar do encontro.

— Os livros nos adoecem como as flores — me disse.

— Os livros não são doentes, somos nós — repliquei.

E ela, sorrindo, acudiu (era mais sedutora que bela; trazia um colchete nas tranças de ouro):

— Já vi livros mais loucos que homens.

— Talvez seja um livro disforme, a loucura — interveio Pórfio.

— Eu a defendo — argumentou ela — porque não mente, nem dissimula ou se ornamenta.

Concordei. Observei que os olhos de Louise eram grandes, afiados e cheios de variações, pujanças. Uma órbita dentro de outras.

— A loucura brinca com o amor e o transpõe. É quando o fogo não é fogo. Mas queima.

Depois nos separamos. E só ouvia falar dela.

Criou um Asilo de Loucos, para a educação de doidos num

círculo dentro do povoado. Engendrou a teoria de que o amor curava a loucura e que o demente, por não saber o seu lugar, perdia a relação com a vida e a rosa-dos-ventos. Mais tarde, avocou a sistemática da inteligência, sem negar a dos sonhos. A educação tinha o rumo que a loucura seguia. Era como se, num território sem fronteiras, as fosse inventando, delineando com a imaginação o que os doidos pressentiam. E o amor ia entendendo com olfatos ignorados. E a poesia começou a escrevê-la:

"Por ti, amor, fui tão incendiada, que terminei na chama, devorada."

Era armadilha da loucura ou da memória que se extraviava?

Tinha dezenove alunos.

— Educar doidos é como educar o vento — dizia. — Encana-se o ar e ele vem e se vai estabelecendo.

E eu, o que tenho sabido, com razão ou não — e relato —, é que educar a loucura encilha, aos poucos, o trotear da esperança. Assim, Louise obtinha, de alguns de seus discípulos, desenhos, poemas, histórias. E, com a loucura dosada, a genialidade ia, lentamente, aflorando, e fazia delirar figuras, textos. E adivinhou que o gênio é a parte da alma em que a demência, desacordando, aprendeu a ler.

Mas o gênio é tão desproporcional como a morte. Recebia humanistas e criadores em seu Asilo, para dialogar com os loucos. E se surpreendia ao ver apenas crianças conversando.

— O diálogo entre os ditos sadios e os loucos serve para compensar o desequilíbrio do universo — frisava. — Ademais, a loucura não é inferior ao amor, e este nada seria sem ela. Portanto, os que amor tiverem não se esquivarão da loucura, por ser frutuosa — concluía. E, ao escutar Louise falar a uma platéia presa, hipnotizada, fiquei desvanecido pela sua lucidez e suavidade. É como se o círculo das palavras se amarrasse num balaio de flores e fôlegos.

Se havia no povoado os que tentavam ironizar a cordoeira da loucura em seu trabalho, outros se maravilhavam pela forma com que os doidos eram preparados para o regresso à espécie empedernida dos homens.

Havia prodígios nessa educação de amor, dois dos pacientes foram exceções. E estavam tão engolfados na loucura, que ali se quedavam imóveis. Para esses casos, Louise chamou Plácido, que compareceu (ouvira sobre ele e avivara sua curiosidade). De olhar translúcido, como se filtrasse do sol os raios, Plácido orou a palavra, diante dos dois, de olhos imóveis. Moveu-a, disse. Com Louise atônita, os dois voltaram à razão, e a loucura foi saindo, saindo. Não necessitavam mais do Asilo. E ávidos ficaram da palavra, para sempre.

"Qual a margem para dividir sãos e loucos, ou como medir os graus de sanidade ou insanidade? E qual o direito para isso, ante a estirpe insensível dos homens?", Louise se perguntava. Contudo, Enemon, seu marido, persistia a fabricar cordões e ela a fabricar sanidade na demência. E seu Asilo era uma garrafa de alma com navios. E eu via quanto a loucura era infância, perdida entre sonhos.

XXXI
C) SHELLEY E OS REFLEXOS

De como Perci e Shelley se encontram na vida e os espelhos são falazes. Perci dedicou-se ao seu consultório de psicólogo. Conferência sobre a épica da alma em movimento. Discussão com Pórfio, Oriondo, Orlando e eu. Perci não assinou o texto premonitório de Shelley, mas o Oceano virou seu barco. Corpo incinerado junto ao mar. Inscrição.

"Amo todo o que sonha o impossível" — escreveu Goethe. E Perci gostava do impossível.
— É o amanhã — dizia. — Ou é o possível, se o amanhecer afasta a noite com um empurrão. — Tinha os olhos estupendamente azuis, louros cabelos anelados e uma beleza terrível que podia ser a do Anjo de Rilke.

Desde cedo, jurara não se acumpliciar, mesmo pelo silêncio, aos egoístas e poderosos, consagrando-se à beleza, como Keats, outro escrevinhador do abismo. Para o menino, era a invenção de um alquimista, o temível Cornélio Agripa, de barbas nazarenas, que vivia trancado no sótão da casa de seu pai. Cada ruído: Agripa derrubava uma lâmpada. A palavra se escondia, não se levantando. Derrubava.

— Os olhos não percebem que o céu é lâmpada, com acesos ouvidos — ia inventando sem saber que inventava. — Porque a escuridão é velha e a luz não. — Tal um bem-te-vi revoa: inventava desinventando, desmontando o real. E começava a descobrir a passagem secreta de Deus.

— Só há uma passagem que não alcanço: a da aurora. Deus me alcança na paz — ele disse. — E a paz é solta, empinante, como uma pandorga.

Era tido como extravagante admirável para alguns e louco para outros. "É louco o que desentulha a confusa vida dos homens". Oriondo apreciava-o, quando discutia. Pegava fúria, fogo. Com inteligência sobrenatural. Até desnortear a inteligência, como um cavalo a toda a brida. Em vez de nomear as coisas, "preferia estudá-las". Quem relata verifica os ventos. Só a perícia do espírito é que os insufla.

— E o que insufla nasce. Nascerá entre as conchas da lua.

Vestia com apuro. E inúmeras mulheres passavam por sua vida, ou sua cama, entre volúpia e esquecimento. Cuidou, aos poucos,

de retirar a imagem da lembrança mortal de Shelley, seu espelho.
Para escapar do mesmo destino. Essa trapaça não o arredou do
suicídio de Harriet, por sua causa.
"Quantos sofrimentos podemos gerar sem querermos" — escreveu. A moça se afogou e o corpo foi recolhido na praia. Sepultada foi, entre tulipas, não se sabe onde, na colina. Porque as tulipas transbordam. Até por dentro dos sonhos.

"Mar sem fundo do tempo, ondas os ossos,
Com o pranto no sal de suas penas,
Cujas marés ao mortal medem, teias,
É o Mar que de vítimas não se cansa,
Precipita despojos, junto à praia os lança,
E, rugindo sem tréguas, pede mais a bradar...
Quem, sem temor, pode a ti se entregar?"

Esse era o texto premonitório de Shelley: Perci não o quis assinar. E Oriondo, Orlando, Pórfio e eu sabíamos desses fugidios relances. Mas os afogados vão e voltam em Assombro, nas marés montantes dos espelhos. Borges diz que "a vida de Shelley equivale a outra, dobrada em anos, de lentíssimo êxito. E que todos vivemos o necessário, não havendo escritor malogrado". Talvez esteja se referindo a Perci, o Outro. Dedicou-se a uma existência calma, no povoado. De psicólogo (embora continuasse escrevendo versos, sem os mostrar a ninguém). Seu consultório era próspero. E ele examinava as minuciosas efusões da alma. Assim registrou sua visão, em conferência: "A épica da alma em movimento é a única operação capaz de curar suas feridas mais ocultas ou acoplar seus vôos." (...) "É como uma borboleta" — advertia. "Fincá-la na página só diz de sua espécie; fotografá-la apenas recolhe o instante; segui-la no movimento é agarrar suas contradições." E sentenciava diante dos ouvintes fascinados por sua modulante voz: "O dia somente se faz completo pela noite." Eu, que assisti a essa conferência, me interrogava sobre a última frase. Ou talvez Perci estivesse, sem pensar, retornando ao espelho da memória, com Shelley de reflexo.

Oriondo, Pórfio e Orlando manifestaram a mesma perplexidade que entrava em suas análises não pela porta principal. Pela cozinha ou despensa.

— Não vou me perder no que não é moléstia, mas confusão da alma — admoestava, convicto, doutoral. — As confusões se curam com o silêncio. E as efusões, com a palavra.

Eu concordava. Orlando, não. Oriondo silenciou. E Pórfio, ao pensar, viu-se transplantado em Túlio Bardón, personagem de *As catacumbas da História*, que morre com uma bala perdida, no meio das próprias perplexidades.

A compreensão das pupilas revoantes da linguagem se assemelha às formas com que a alma como um pote se esvazia. E Perci ia ajustando, com a palavra, desafortunados, deprimidos, neuróticos de guerra ou penúrias, intoxicados de amor, desejo ou desespero.

— É como a alma transparece: água translúcida. Até o fundo nos vê — comentava.

Sua aventura: a ilha Escalvada, aonde se dirigia dois dias ou mais, por mês.

— Preciso limpar a linha-d'água das minhas emoções, para limpar a do próximo — explicava.

Comprou um veleiro que trazia, como o do poeta inglês, o nome de *Ariel*. E enfatizava:

— É como a liberdade me aceita.

Na ilha, com o barco fundeado igual a um terneiro no vale, Perci deixava o sono carregar-lhe a alma e a alma cantar, de árvore em árvore, ou mergulhar ao íntimo do Oceano, rastreando-lhe a gigantesca alma, bem maior que as baleias e botos. "A grinalda é coroa aberta de flores." (Ao referir o verso de Shelley, desviajava ao espelho dos signos.) Uma tarde, atado aos seus reflexos, entre ondas-bisontes, já longe da margem, seu barco virou, virou e ele virou junto, corpo, alma. Virou a espuma, virou-se o violento Oceano. E, na semana seguinte, foi um corpo arrojado à praia de Assombro, inchado, comido em parte pelos peixes. E era o dele, Perci. Sem alma. Oriondo, Assombro e eu o incineramos numa fogueira diante do mar, como o espelho prenunciara, ao fitar seu rosto e ver, ali, o semblante trágico de Shelley, entre chamas. Só o coração foi enterrado em recôndito ponto, sob uma árvore. E no limiar do consultório (onde, mais tarde, soube que ele morava) foram gravadas duas palavras: *Cor cordium* (O coração dos corações).

XXXII
D) A ILHA ESCALVADA, OU SONHOS DO ESPELHO

Seus freqüentes visitantes. Oriondo e o Oceano, procedências. O tempo não andava com Oriondo. De como Plácido se evaporou em Deus.

Ao ler o Livro do Caminho, achei em Ezequiel a profecia: "Farei de ti uma penha descalvada, e virás a ser enxugadora de redes" (26:14). Se essa profecia era dirigida à ilha Descalvada, com suas rochas, a cinco quilômetros de Assombro, nada sei, salvo que a penha é o próprio coração do homem. Ou que era freqüentada por Parmênides, e no seu rumo sumiu, com alguns discípulos. Oriondo passava dias ali, rodeado de andorinhas. Faus se refugiava com seu amigo, pássaro, em períodos de lua. Martinho e Plácido ficavam orantes ante o trono do Altíssimo, muitas noites, madrugadas. Lino, Virgílio, Novalis, Orlando, Perci, Pórfio e tantos outros amaram a ilha. Era um éden de aves, corais e espumas. Espelho, onde Assombro se fixava. E se dentro de cada espelho há sonhos, quantos esta ilha guardará?

Poucos dados consegui de Oriondo.

— Tem procedências de vento — observou-me Plácido, ao perguntar sobre ele. E silenciou.

É pescador — todos sabemos. Camarada do velho Oceano, também. Apareceu, como se um sonho o libertasse. E era vivíssimo, ágil, batalhador. Várias vezes voou. Preferia andar no solo firme ou em marítimo chão.

— Andar é tocar com os pés o que é vivo — frisava.

E quando lhe falava de experiências, saberes, enrijecia:

— O saber depura o homem, vai filtrando a água. — E essa, então, era seu elemento. Quando a tateava ou nela ia afundando, a água ficava mulher.

Direis, alguns de vós, leitores, que Oriondo é um tipo extravagante, às vezes insólito. Mas extravagante e insólito é o que desconhecemos. E quanto mais conheço Oriondo, mais desejo conhecê-lo e o desconheço. Era o que o meu pai dizia diante do mar. Ficava olhando um tempão, com olhos-ouvidos canhotos e noivos. Como se o mar entrasse todo nele, desde as narinas. Alongava-se, debruçando-se na areia, borbotoando.

Oriondo era extravagante. Até no mistério quanto ao lugar onde morava. Ninguém sabia. Negava-se a dar o endereço.

— Morar é íntimo — dizia. — Melhora a alma, residindo em paz.

Outras vezes, repetia:

— Morar é estar em Deus.

E a estranheza nos foge: é do universo. Aparece e desaparece no meu texto, como nos sonhos.

Oriondo no Oceano subia, descia. A onda era serro, tigre era o barco.

E se a onda era cerca, o barco, carneiro. E o Oceano falava com Oriondo que levava o veleiro e sua carga: robalos, linguados, caranguejos. E os peixes emudecem presos no anzol e na morte. Emudecem os ventos. No fundo da barca, treme o teto do céu caído e a quilha de sol poreja (baleia, o sol; barbatanas, a quilha?), quando o leme quebra a tira da espuma num só gemido.

O Oceano lhe fala na popa, de fronte espichada. E Oriondo impele o ombro com a palma de sua língua. E o ombro, corvo revoando. Como se empurrasse os remos. E os remos batem no poente, batem, martelando. E ele não larga os dentes de seus vermelhos marmelos. Não solta. E Oriondo entende o idioma dos repuxos e correntes.

Depois agarra a barca sob o timão e o Oceano não lhe pergunta sobre os filhos, que não tem, ou a família das marés.

— Não te ofendo, companheiro, se te pedir que recues ou avances, conforme o peso do teu destino.

— Eu avanço. — E em cima do Redemoinho, em rédeas, vê o pontão sobre a testa do róseo mar. Não escapa nem o ruído da sombra que nascia da palavra. E ela ensaliva a onda, reboa em outra, descendo com a barca o poço, e a roda em polia gira, revira.

— Oceano, deixa ao menos que eu afunde na coxilha da vaga em nudez por onde névoa não há, apenas o mundo se faz a água e natureza com os remos.

E Oriondo volta à praia, enquanto o Oceano, rindo, com uma das mãos acena. E a âncora se planta, anêmona. Sem nenhum tempo nas velas.

Oriondo, quando andava, o tempo não andava. Como voltará a andar? Não descobri, nem descobriria, se Oriondo não me contasse.

É que, desde antes que as coisas se desapegassem, na escuridão ele estava. Resgatável é a luz, como libélula?

Oriondo viu cair o primeiro orvalho e assoprar o primordial vento. E a aurora o desprendeu nos galhos da manhã? E o Oceano brotava na separação de terra e água. Como se saísse da costela do caos, quando dormia. Amigos então ficaram, junto às rotundas cavernas, profundas: o acontecer.

Parmênides, o finado mestre, em Assombro, perguntava-se, entre os discípulos, sobre o que escolher — o peso ou a leveza? Oriondo não escolhia. Era o peso da leveza, ou a leveza do peso: não importava, era. As coisas manam de estarem continuando. Aberta foi a nascente com jorros do céu.

Um Céu falou a outro: "Eis-me, aqui!" Oriondo viu e ouviu a palavra ser bulida, quieta, e depois percutida como um gongo. E a luz se fez lenteada, esplêndida, convincente. Igual a um cântaro imenso de sementes. E assim foi o diálogo de um Céu a outro Céu. Oriondo me contou:

— Foi a alma que viu o universo sendo, pouco a pouco, sonhado.
— A alma é o que está vendo?
— Desde o começo, era alma o que comigo atordoava.
— Eterna é a alma, e o princípio só descansa na palavra.
— É como capturo o tempo. Não me suporta, nem ele caminha por onde vejo.
— Se não me vê, minha sombra captura o tempo.

— O tempo morde a si mesmo, como à cauda uma serpente.
— É uma serpente presa dentro do próprio veneno.

Plácido, límpido, destilado nas constelações, foi mudando de alma. Alguns dizem que voejou direto, mais lépido que a luz. Para outros, como luz dentro dela se escondeu. Ou então, com seu povo, evaporou-se. "Depois de um terremoto que abalou os alicerces da prisão e logo se abriram todas as portas e foram soltos os grilhões de todos" e a porta do céu se abriu.

Há os que acreditam que Plácido pode levantar-se em nossos sonhos. Ou nos de futura geração. E para revê-lo basta aventurar-se, ali, no paraíso em que floresce. Ou entrar sonhando no fogo pelas cinzas.

Não, a luz jamais lutará contra si mesma.

Décimo Terceiro

De como o tempo morre. Arco-íris

XXXIII

A língua não é minha pátria, é minha descoberta. Falam imagens conosco. Diógenes-padeiro. Olivério, clínico geral e psicólogo. Amar é ficar incólume. Azela e Jasmim. Inédito de Pórfio, o novelista. Ao morrer, sua mão direita tomou forma de pomba branca. A utopia. Orlando, o Patriarca, viu declinar sua saúde, reunindo-se ao seu povo.

"Hoje vemos através de um espelho" — escreveu o Apóstolo das Gentes. Por um acidente de visão e tempo, se os rostos podem confundir-se, jamais se confundirá um rosto diante de si mesmo. Ou diante da teia de cristal que a manhã debruça. Do espelho saem as semelhanças imaginadas e para ele retornam as semelhanças reais. Como um anel de reflexos e esferas.

A língua não é minha pátria, é minha descoberta. É como as coisas vão-se tornando novas. Ao serem designadas. Vão sendo outras e outras. Até a verossimilhança do abismo.

E as criaturas que aqui assomam não dormem nas coisas mortas, nem se extenuam nas amendoeiras da fala. Todas florescem como a vara de Arão na Arca. E eu não sou sumo sacerdote de nada. Porém, sou, serei o sonho que minhas mãos traçarem.

Se a energia da palavra é invisível, energia de Deus, somos o que falamos. Nada temos, nada descrevemos, nada criamos, a não ser palavra. E os sonhos são palavras acordadas. Que, por nos reconhecerem, falam imagens conosco.

Diógenes, padeiro. Não tinha relação com o grego, que morava num barril, ou portava uma lâmpada pelas ruas. Este Diógenes mora em casa rústica, com dois pavimentos, três quartos e o pormenor: um ameado terraço branco. Atrás da padaria, com seu nome, no subúrbio.

E o curioso é que a civilização entre o filósofo grego e o padeiro, apesar dos avanços científicos, não progrediu sob o ponto de vista da penúria e da fome. Ainda menos, no que tange à habitação dos mais necessitados: muitos dormem debaixo de árvores, pontes, ou empacotados em apartamentos mínimos, sem a invenção irônica do grego. Quanto à lâmpada, o padeiro a utilizava com um fim diferente do filósofo: ver no forno o cozimento dos pães. E ao presenciá-los — prontos, frescos, luxuriosos, quentes — tinha o orgulho humilde do que paria em suor e trabalho, com dois ajudantes: Francisco e Prudêncio. O primeiro, com um bigode que parecia maior do que a cara; o último, atarracado, assemelhava-se ao barril do grego.

Dizia o padeiro:

— Fazer o pão é usinar o povo. Ponho minha alma no pão e ela se reparte em energia.

Amava as borboletas e os sonhos, mantinha intactas a solteirice e a carência de infância. Como a maioria, não acreditava na moeda dos réis e sim no poder ambulatório da permuta.

— Os réis são dos coronéis — zombava, trocando cenouras, couves, alfaces, flores, ovos, peixes por pães. E, como tantos, Assombro e eu apreciávamos esse pão de bondade humana. Sem discutir com o poeta de Stratford, mais apreciador do leite. Um e outro terminam no bornal da infância. Ou no vernal sustento da provisão fraterna. E Diógenes, como o povo, trabalhando, exercitava o direito de agarrar pela mão o futuro.

Plínio, o Velho, em sua *História natural*, falou de uma mulher que deu à luz um elefante. Ou poderia ter descrito, com igual fantasia e distração, um elefante dando à luz uma mulher. E não há elefante ou mulher que bastem para tanta luz. E o fim das coisas leva a seu começo.

Olivério, misto de clínico geral e psicólogo. Fizera inúmeros partos. Nunca teve a experiência de Plínio, o Velho. Misturava corpo e alma: poços que se permeiam.

Afirmava:

— O passado é poço raso; o futuro é um poço fundo, muito fundo.

O consultório estava constantemente repleto. Meticuloso na sua clínica de lembranças e males, entorpecia a dor ou desinflava o esquecimento, como se a morte não se intrujasse na sala do gabinete.

Tinha clientes entre as várias camadas da sociedade.

— Todas as camadas são de tempo — ponderava. — Não quero que o tempo seja meu cliente, mas opositor.

E de gente ia-se abeirando. Gente é rio, plantação.

— O céu é gente.

Orlando trocava alguns melões de sua horta pelas consultas. Pórfio fez tratamento contra a depressão e pagou com um exemplar de seu memorioso livro.

Olivério, há oito anos, casara com Soluna, secretária, enfermeira. Organizada, simpática, um pouco gorda de cintura, baixava o peso na tramela do inverno. Mas a porta é o conhecimento. E a especulação belisca nossa mente. Também as orelhas e mãos clínicas.

Afeito a versos, bebericava metáforas, como as de Rimbaud, no "Barco ébrio", ou as de Keats, por exemplo, com a certeza de que "não se consegue destelhar o arco-íris". E nem tentava.

Seu *hobby* secreto era a história dos bucaneiros. Sobretudo, a de Henry Morgan, o último deles, que obteve perdão real, título nobiliárquico, sendo até designado governador da Jamaica. Os galeões espanhóis capturados valiam uma fortuna (tinha dois modelos de galeões em madeira trabalhada, na sua biblioteca), e Olivério citava Morgan:

— "Ainda que nosso número seja pequeno, nossos corações são vastos, e quanto menos sobreviverem, mais fácil será a repartição do saque e mais tocará a cada um."

E o tal bucaneiro pertencia ao seu museu particular de especiarias e fábulas.

— As fábulas se cultivam, os medos não. E os galeões na memória só carregam fundas especiarias de esperanças — dizia. Doava fábulas. E o amor, o amor prospera.

Eu respeitava Olivério. Também Assombro. Quando adoeci, após a morte de meu pai (só agora vos relato, leitores), atendeu-me preocupado e consertou minhas avarias, sem retirar certos desavindos.

Oriondo evitava os médicos:

— Impõem aos pacientes tantos exames, que nada lhes sobra para examinar depois.

Entanto, não era surdo ao poder de suas mãos, ao desativar ou amainar, vez e outra, o reumatismo das costas do ferroso mar.

Voltaire, cético e intrigante, afirmava: "Os médicos inoculam drogas que não conhecem em corpos que conhecem menos ainda."

Porém, nem Voltaire, nem os médicos sabem que a droga antes referida é o tempo. E esse é tão avesso e ardiloso, que os engana, pondo nomes sonoros em drogas que o substituem, inominável.

E se os corpos reagem, benignos, a determinados remédios, ao tempo reagem sempre e mortiferamente iguais.

— E é preciso criar o antídoto — aventou Oriondo, ao assuntar com minha mulher mais eu. E como o veneno da cobra engendrava a sua cura, admitiu que só o tempo é antídoto do tempo. O que fazia perecer, reanimava. Pois a morte retém escondido no bojo o germe de uma incontrolável vida. E poderá ser a vida condenada ao tenaz e tonante roer dos ratos?

Azela era alta funcionária da empresa que fornecia luz a Assombro, chamada Eletra. Solteira, tez clara, olhos calmos, voz serena e meia altura. Todos a conheciam como a dona de Jasmim, o ratinho branco que se encasulava sob a gaveta de sua escrivaninha, na sala de trabalho. Jasmim ali se quedava, súplice, enternecido pelo carinho maternal de Azela, que o nutria com chocolate, queijo e outras guloseimas.

Seus colegas se aborreciam ou assustavam com Jasmim, o prisioneiro da gaveta, a comprovar que nem os ratos resistem ao fulgurante amor. É verdade que era um sentimento recluso, trancado a chave, mas o desejo animoso de Jasmim era rever, cada manhã, aquela que o amava. Os seus olhinhos avultavam como papoulas. E certa vez Azela neles percebeu, de viés, uma furtiva, chuvosa lágrima.

Se o povoado, após a experiência dos gabirus, começou a perseguir e abominar os ratos, nem a lealdade e a formosura de Jasmim impediam que os demais funcionários o detestassem.

— Os ratos virão depois de nós — observava Azela. — E, pelo amor a Jasmim, por eles serei lembrada. — Essa memória do porvir a entretecia.

Um dia, estando ela ausente, o ratinho saiu por um furo da gaveta e resolveu passear pela sala. Quando dois funcionários tentaram apanhá-lo, escapou entre os dedos maldazes. E nunca mais se viu Jasmim. Talvez fugira para o ignorado reino de seus iguais.

E Azela também jamais foi a mesma. Como se o rastro de Jasmim se abrigasse sob a queijada planta de seus pés de nuvem.

O destino nos faz visíveis e acordados. Se me distraio, ele me leva. Se estou sonhando, tudo pode ser nomeado. E se me falha a memória, o esquecimento é outra etapa, outra história dos homens. Não deixo fugir de mim a polidez dos espelhos, ou a circular esfera em que atravessamos o intervalo da fala para a palavra.

— Posso reproduzir imagens da chuva, ou das estações, Assombro. Não posso existir por ti. Existir é insubstituível.

— Porém, te amo, e isto não tropeça na chuva ou nas estações — respondeu-me.

— Amar é ficar incólume, um no outro — eu disse. E nos fitávamos como se entrássemos um no sonho do outro.

"'Mudando logo a imaginação, achareis a gosto o sabor que tereis imaginado' — assegurou Rabelais. Mas imaginar é pôr desenhos no instinto e veredas nos olhos. E, de mudar, é useira e vezeira a alma. Muda de folhas, permanecendo tenra, verde.

Amadureço como videira no colo da chuva. Amadureço, irmãos, e vem o tempo de colher: não estarei mais nele. Os dias se jogam adiante, com a pele em pergaminho, as mãos com os tiques de relógio emperrando, o coração como lanterna escurecendo.

Publiquei *As catacumbas da História*, e o silêncio crítico é prenúncio do clarim futuro. Meus ossos resmungarão a possível glória. Sob o alambique da língua, as falas e viventes hão de crescer da terra. Não haverá relva que baste sobre o defunto corpo, porque as boninas e lírios, altivos, surgirão desta linguagem, espelho de outra, maior.

E nada do mundo se assemelha à palavra que faz os planetas girarem, sem se chocarem ou caírem. Deus fala."

(Pórfio, o novelista, anotou este texto, no seu inédito *Diário do deserto.*)

Na primavera, em Assombro, Pórfio fora hospitalizado, inesperadamente. Um câncer generalizou-se e, com o organismo minado, sua mão direita expandiu-se, tomou forma de alva pomba, com incendidas linhas. Ninguém lhe sabia a idade exata, ultrapassando a eira dos setenta. E, rodeado de amigos — Martim, Plácido, Oriondo, Lino, Assombro, eu e outros —, Pórfio ia morrendo em minutos, como se fossem catapultas de aves, cereais, nuvens e anos se escoando. Ia morrendo, morrendo, até tornar-se pedra. Não necessitava de epitáfio. Estava recoberto de palavra.

A utopia, como o sonho e o bom vinho, pode destilar imperfeições, com o trânsito do tempo, ficando austera, nobre. Não é a utopia: é a esperança que se gasta.

O sonho prolonga o sonho, o tempo ao tempo. E a utopia, a ambos. Mas a palavra sobrevive ao sonho, à utopia, ao tempo. E este nos esquece, aperfeiçoa o vinho, cujo sabor nos mata.

Orlando era lido, habitualmente, pelos moradores de Assombro. E o jornal *A Ordem*, onde colaborava, boa parte das vezes no intuito de pacificação, chegou a prosperar, aumentar o tamanho das páginas e a tiragem, tomando a forma de tablóide, quando o seu fundador, Demétrio, estava com seus ossos a esfarelar-se na oficina gráfica da terra, morto pelo extravio de uma bala.

Orlando atingiu a longevidade, com o respeito devido a um Patriarca. Aos noventa anos, realizou a façanha de aprender grego com o professor Dóreas. Talvez fosse grega a sua alma. Não importa: aprendia respirando. Habitava na colina, estando presente nas ocasiões mais decisivas, tendo o amor sem tréguas do povo. Mas nunca se candidatou a posto eletivo. Servia. "Servir é ser em Deus muitos, num só." E ponderava aos amigos, jocosamente: "Só me candidato à liberdade."

Jamais deixou de riscar, silvante, o círculo em torno da palavra, nos tavolares átrios. E ela em sua boca agarrava poder.
— O bem que fizermos aos outros, permanece nos outros. O que a nós mesmos fizermos, termina conosco — dizia. Naquele ano, a sua saúde principiou a declinar. Certa manhã Oriondo o encontrou em sua cama, com a fala muda, ensurdada. Assustou-se. E viu Orlando fazer o gesto de riscar o espaço, anotando com a mão: "Palavra." Melhorou. E o episódio foi mantido em segredo.
A cabeça de Orlando crescia como um ipê-branco. Depois suas mãos passaram a tremer, as pernas fraquejavam. Escreveu-me este recado, ao saber de minha preocupação: "Não adoeci, estou envelhecendo. Não posso imaginar-me sem fazer nada. Talvez seja a ânsia de ver o Deus vivo, face a face."
A letra era tremida igual a um arbusto. Confesso-vos, leitores, que, ao visitá-lo, algo me chamou a atenção, por inusitado. Sobre o rosto e sua pele enrugada, estava nascendo outra — viçosa e novíssima. E até os olhos agudos escondiam outros, inocentes.
Antes do meio-dia, de semanas após, caiu no chão com um ataque, e foi achado pela arrumadeira, desfalecido.
Os seus membros continuavam anciãos e débeis. O rosto, não: o rosto era o de uma criança. E ao abrir os olhos, depois de medicado, refulgiam na paz amena, sem arestas, temores. E balbuciou a pessoa da palavra, roçando-a, após o círculo. E voltou a dormir. E a respiração estancou, e pardais, ali perto, gorjeavam, enchendo de música o quarto. E de súbito, a casa ficou repleta de olhos.

Orlando foi enterrado pelos amigos em lugar secreto, sem nome, nos arraiais da colina. Registro o que me coube. E o que Assombro gravou numa pedra da praça: "Por amar a paz, Orlando, o Patriarca, agora a tomou para si, perfeita."

XXXIV

De como Oriondo enfrentou e venceu o Furacão Perseu e foi sagrado cavaleiro.

Oriondo dizia: "A Vida é mais forte do que eu, e faço o que ela quer." Fazia. E sua barca-mulher esperneava de ondas sobre o leito do Oceano. E eis que o Furacão rasgou o céu.

— Perseu, eu sou — falou. Tinha um olho branco na testa e armadura de bujarronas nuvens. Seis côvados e um palmo de altura, com capacete brônzeo na cabeça. A couraça de escamas que pesava cinco mil siclos de água. O terçado no punho cheio de algas. E as grevas faiscavam nos seus pés, e além do escudo de trovões, turvas, fúlgidas sombras descascava.

E Oriondo, tendo uma pedra branca e arredondada em sua mão e a caramuja espada pela alma, ouviu o desafiante t(r)om, um vozeiral:

— Serei um cão ou peixe, para vires, com pedra ou barca, enredar-me? Pois a loucura sou.

— Não a temo. De tanto ir ao meu fundo, posso limar os extremos.

— Afiada está no sabre com que te ataco.

— Não ato os seus fios. Mas pego o espírito.

— A loucura me veste e não desisto.

— Nem eu de lutar. E civilizo a dor, o abismo.

— Eu desatino.

— No amor, me atiro.

E o Furacão baixou, irado, a lâmina do sabre, e Oriondo gingando se esquivou e foi o fino fio cortando ventos, que sangravam. E ia escurecendo. Oriondo repeliu:

— Vens com armadura, escudo, sabre, e eu, com o universo.

E a ponta do terçado tentou de novo entrar no peito de Oriondo, e ele girou com a barca como se a um cavalo se aconchegasse e empinou raivante.

— Não me abates, Torvo — disse. E foi zunindo, a preparar seu arremesso no alvo: a pedra junto à mão engatilhando, alando, arando eitos.

E trape! Trap! E o Furacão Perseu talhou o vazio, desembestou a barca, e Oriondo gangorrando foi. E o céu, furado pelo sabre, ziguezagueava, fagulhando, e abre-se em meia-volta, meia laranja, em franjas de escuridão por cima do calcanhar do mar. E o Furacão golpeou o braço destro de Oriondo e só raspou, entre álamos e álamos de espuma. Foi quando Oriondo disse: "Derrubado está!" A palavra rebentou. Zanzou, zangando. E a pedra com o lance, o lancinante dardo de uma pedra, uma palavra, um trambolhar do ar e zás! Atinge os altos vinhedos, a cabeça do gigante, e testavilhou o rosto como um cacho caindo e rezuniu, troou desde o trovão, desapeou o fulo e tremulento Cão, que ao comprido, longo, foi, ao "oi" de boi no vão.

E Oriondo se ajoelhou na barca, o céu cerzido se aplacou. E calmo tudo agora. E então o ancião Oceano, cajado pôs no ombro e cavaleiro seu sagrou, sagaz, a Oriondo. E o céu enverdeceu com o sol: todo saiu, verdedoeu.

XXXV

Os sinais. História de Assombro. Arco-Íris sobre Assombro, ou como rebentou o arco do limite. O mito e o tempo.

Não podemos impedir os sinais que se formam no ar. Muito menos o que se inscreve na manhã ou na tarde. Nós necessitamos de prodígios, ainda que sejam em nosso quotidiano. E os sinais, como noites que, fora dos prazos, desnoitem, restando pleno dia, ou dias que não brotam de sua casca, rompido o severo programa do cosmos. Os desastres na poluição das águas, no destruir das plantas e animais, já retêm o desenho do naufrágio. E tamanho será o rarear da água, que poderá ocasionar batalhas. E isso invade Assombro, como se um germe corroesse as ferragens humanas e celestes.

Não nos cabe impedir os sinais. E, sim, obedecê-los. Nada se aperfeiçoa ou se desvenda sem eles. E o ar é polido. Eles, não: precisam de que os acontecimentos os configurem, partes imperfeitas de um círculo.

Ou será Oriondo sinal ou um sobrevivente dele, como Noé, após o dilúvio?

Prefiro afixar-me na advertência profética do Livro do Caminho: "Se eu quero que ele permaneça, até que eu venha, que te importa? Segue-me tu." Nós seguiremos. E se Oriondo permanecer, além deste que vos relata, o que vier depois completará os sinais.

O tempo em Assombro ia e vinha, vinha e calava. Às vezes doía. Não deixava arredondar orvalho, nem ciscava as lentilhas de suas horas.

Tinha um buraco no peito, como no peito a lua.

A história de Assombro também foi história de ruínas. Sem elas, como podem enverdecer heras, musgos?

Um osso seco se entrelaça a outro, e os desterrados de tantos países se amalgamam, entre tendões e nervos. E o Espírito soprando os transportou, em navios e barcos, a Assombro, formando o uno coração. E este corpo formoso de mulher que transfulge as minhas noites, sem os pés da visível solidão.

E o povoado se restabeleceu e as ruínas foram substituídas por moradas, firmas, edifícios, armazéns. E o Espírito foi soprando, soprando, nascendo uma alma geral, entre Assombro e sua gente, alma de intempéries, maravilhas, abastanças, potestades, fulgores. E eu coloquei em seu dedo o anel de folhas, líquens, nuvens, e o soldei nos dias. E nos desposaremos de tempo a tempo, sem que o sol deixe de bramir e o Oceano de ir rolando, de profundeza a profundeza. E, entre fragmentos que se escoram pelas sombras, eu me lançarei: não há revelia na luz, nem fumaceia o sol. E outro nome terá Assombro: *Espírito*.

O Arco-Íris exsurgiu aquela manhã como um plúmeo telhado de cravos e violetas; depois, chapéu de chapéus com aves, ares, cores sobre a cabeça em ninho do Oceano; depois pavão real saindo da chaminé de alguma alma ou estrela a vapor. E foi o Arco-Íris crescendo, e se apossava, ponta a ponta, e bisonte era o horizonte. E um carro rolava no clarão, de gume a lume, ao vão.

Oriondo então falou:

— O arco do limite rebentou.

Depois por cima do povoado, com suas asas de águia, agasalhava seu filhote.

— Assombro é o pacto — reafirmou Oriondo.

— É o vagaroso esparramar de pólvoras acesas — eu disse. E as rodas de outras rodas refluindo, aonde ia o Arco-Íris, elas iam, reslumbrando num barulho de fontes — montes. E a tampa era tirada das zoantes profundezas, de céu em céu: a graça descoberta. E são novas as coisas, sem morrer.

O mito não existiria sem a invenção do tempo, e o tempo, sem a invenção do mito. Este engatinha naquele, como um menino rechonchudo e esperto. A invenção do tempo é a invenção da morte. Que ele exista, sem ela: cessando ou esquecendo.

Assombro e eu nos amávamos. Entre as vides do corpo e as da

alma. E nus, com os pêlos negros, amoras, sobre a cama, meu corpo no seu se engolfava, como, num tanque, a água. Ou melões, sem a casca, lado a lado: nos estendíamos ilesos, fúlgidos nas estações.

Porém, Assombro, às vezes, não tinha idade. Ou era antiga e restaurada: Jerusalém das cinzas. E eu, igualmente antigo, ignoto, desvendado, testemunha desde o início, escriba de opulentos sonhos, sob a tesoura das chuvas ou da escuridão.

O contemporâneo é futuro. Depois de amanhã, ontem. Mais tarde, será bem mais cedo. E todo o passado flui agora para sempre.

E são jovens todas as coisas. O que foi relatado continua acontecendo. Não pode ser repetido, por mudar de vertente. E, ao verter, antecipa a história do futuro e mesmo a das nações, com os ossos do sofrimento, da fome ou da tempestade.

Contudo, pode a imaginação criar outra imaginação e mais outra, até que Assombro germine e pare o tempo. Não se exilou o homem, nem sequer a esperança. E são novas todas as coisas.

Epílogo

Perguntarão os leitores: "Onde está Assombro, quem é Assombro?" Não importa que seja uma mulher ou cidade que florescerá no milênio. Ou que eu, relator, possa ir desta língua a outra e outra, voltando a ser nômade, como Odysseus ao mar. O que importa é que tudo em nós permaneça vivo, miraculado diante da palavra, e com ela ressuscite. O maravilhoso é sempre novo, se for visto com novos olhos.

E aos que descobriram uma razão no desconhecido é que escrevo. E àqueles que, após perderem o desconhecido, continuaram cada vez mais com a razão. Porém, o que percebemos da razão de Deus?

O resto é história, já pertencente à tradição, de que o tempo (inimigo? aliado?) me escolheu escriba, certo de que não avança com a luz. Até a imaginação ver que tudo é de ninguém. Mesmo que testemunhos surjam depois de mim. E das gerações.

ISRAEL ROLANDO —
Escriba de Assombro

Nota do Editor

Não havia pertences no quarto de Israel Rolando, espólio. Encontrei livros na escrivaninha. Os óculos quebrados, marcador de leitura. Ali estavam: Virgílio Maro, na tradução de Tassilo Spalding e Péricles Eugênio da Silva Ramos; Louise Labbé, na versão de Felipe Fortuna; *Os trabalhos e os dias*, de Hesíodo, encaminhados por Mary Neves Lafer; e *A roda e o vento*, de Francesc Faus, na tradução de Patrick Gifreu e Stella Leonardos. As páginas tinham marcas das patas de cavalos. Talvez Israel Rolando, entre um tempo e outro, tenha mudado de idioma, como se mudasse de casa.

Dados biobibliográficos

O escritor CARLOS NEJAR nasceu em Porto Alegre, RS. Está radicado no seu Paiol da Aurora, em Guarapari (ES). Membro da Academia Brasileira de Letras, é considerado um dos trinta e sete escritores-chaves do século, entre trezentos autores memoráveis, no período compreendido de 1890 a 1990, segundo ensaio do crítico suíço Gustav Siebenmann, *Poesía y poéticas del siglo XX en la América Hispana y el Brasil* (Ed. Gredos, Biblioteca Românica Hispânica, Madri, 1997). Nejar figura como uma voz emblemática e universal, de original e abundante produção lírica. A publicação *Quarterly Review of Literature*, de Princeton, Nova Jersey (EUA), em seu cinqüentenário, acabou escolhendo o poeta como um dos grandes escritores da atualidade. Único representante brasileiro indicado pela influente revista americana, é colocado no mesmo patamar do espanhol Rafael Alberti e do francês Yves Bonnefoy, entre cinqüenta autores selecionados.

Publicou, entre outros volumes, *Livro de Silbion* (1963), *O campeador e o vento* (1966), *Ordenações* (1971), *Canga (Jesualdo Monte)* (1971), *O poço do calabouço* (1974), *Árvore do mundo* (1977), *O chapéu das estações* (1978), *Os viventes* (1979), *Um país, O Coração* (1980),

Obra poética I (1980), *Livro de gazéis* (1983), *Memórias do porão* (1985), *Elza dos pássaros ou a ordem dos planetas* (1993), *Simón Vento Bolívar* (bilíngüe, espanhol-português, trad. Luis Oviedo, 1993), *Aquém da infância* (1995), *Os dias pelos dias* (Ed. Topbooks, 1997, Rio), *Sonetos do paiol, ao sul da aurora* (Ed. LP&M, 1997, Porto Alegre), todos de poesia. Editou a rapsódia sobre o Brasil, *A idade da aurora* (1990). Suas antologias foram: *De Sélesis a danações* (Ed. Quíron, São Paulo, 1975), *A genealogia da palavra* (Ed. Iluminuras, São Paulo, 1989), *Minha voz se chamava Carlos* (Unidade Editorial-Prefeitura de Porto Alegre, RS, 1994), *Os melhores poemas de Carlos Nejar*, com prefácio e seleção de Léo Gilson Ribeiro (Ed. Global, São Paulo, 1998).

Romancista de talento reconhecido pela ousada inventividade, ventila as estruturas tradicionais do romance com a cristalização de estados da alma. Estilo marcante na novela *Um certo Jaques Netan* (1991) e em *O túnel perfeito* (1994), este último escolhido pelo *Jornal do Brasil* como um dos *dez melhores* romances do ano. Segundo Antônio Houaiss: "A criação tão intensa, tão passional, em Nejar, busca atingir os ápices da solidariedade humana. O que não é dado, em todos os tempos, senão a poucos — a esses em cuja normalidade há um *quantum* de loucura e outro tanto de santidade."

Clarice Lispector já prenunciava a vertente ficcional do escritor gaúcho, tanto que ressaltou sua afinidade com as fronteiras do desconhecido, presente em sua obra ("Nejar que identifico comigo e tão burro quanto eu"). A inovação e a contínua reforma do imaginário coletivo é a marca registrada deste criador pampeano. "Ele se distancia dos modelos habituais de narrativa, buscando captar o impalpável, sendo um domador de sonhos", avalia Antônio Carlos Secchin. "O romancista de *O túnel perfeito* usa o discurso alegórico, gerando uma outra realidade paralela que dimensiona e re-significa a realidade real — freqüentemente para criticá-la, satirizá-la —; este discurso é comum nas grandes obras corrosivas da maldade humana, como *As viagens de Gulliver* e *Alice no país das maravilhas*", adverte o escritor Ildásio Tavares. É também caracterizado como autor de "transficção", por Carlos Emílio Corrêa Lima, irrigando o território ainda não reflorestado do romance brasileiro com este translado semântico, esta transferência de sentidos novos entre os gêneros literários.

Apreciado pela crítica como "o poeta do pampa brasileiro" ou da "condição humana", como bem assinalou Jacinto de Prado Coelho, usufrui de crescente reputação no estrangeiro, com poemas traduzidos em diversos idiomas e estudado nas principais universidades do Brasil e do exterior. Procurador de Justiça do Rio Grande do Sul, agora aposentado, continua, como ele mesmo diz, "Procurador de almas". Ocupa a cadeira nº 4 da Academia Brasileira de Letras e é membro do Pen Clube do Brasil, na vaga de Raul Bopp. Participou como jurado do Prêmio Casa das Américas, em 1990, e do Prêmio Camões, em 1997. Foi um dos escritores brasileiros convidados a participar do XVIII Salão do Livro, em Paris, França.

Detém os prêmios Cassiano Ricardo, do Clube de Poesia de SP, 1996; Francisco Igreja, da UBE, 1991; Luiza Cláudio de Souza, do Pen Clube do Brasil, 1977; Érico Veríssimo, da Câmara Municipal de Porto Alegre, 1981; Fernando Chinaglia, da UBE, 1974; Jorge de Lima, do Instituto Nacional do Livro, 1971. Na área do livro infanto-juvenil, arrebatou os prêmios Monteiro Lobato e o da Associação de Críticos Paulistas de Arte, com, respectivamente, *Era um vento muito branco* e *Zão*. Na mesma linha, publicou ainda, *O grande vento* (Ed. Consultor, 1998, Rio), com ilustrações de Cristiano Chagas. É autor de "Teatro em Versos": *Miguel Pampa; Fausto; Joana das Vozes; Ulisses; As parcas; Favo branco (Vozes do Brasil); Pai das coisas, Auto do Juízo Final — Deus não é uma andorinha* (Funarte, Rio, 1998). Ainda conta com as reflexões sobre a criação contemporânea, *A chama é um fogo úmido* (Coleção Afrânio Peixoto, da Academia Brasileira de Letras, 1994).

Este livro foi composto na tipologia
Caslon Old Face em corpo 12/14 e impresso em
papel Offset 75g/m² no Sistema Cameron da
Divisão Gráfica da Distribuidora Record.

Seja um Leitor Preferencial Record
e receba informações sobre nossos lançamentos.
Escreva para
RP Record
Caixa Postal 23.052
Rio de Janeiro, RJ – CEP 20922-970
dando seu nome e endereço
e tenha acesso a nossas ofertas especiais.

Válido somente no Brasil.

20,